LA BAIGNOIRE
DE STALINE

RENAUD S. LYAUTEY

LA BAIGNOIRE DE STALINE

ROMAN

ÉDITIONS DU SEUIL
57, rue Gaston-Tessier, Paris XIXe

ISBN 978-2-02-147942-3

www.seuil.com

برای جوجو دوباره
Et à tous mes amis géorgiens

« La mort résout tous les problèmes. Pas d'hommes, pas de problèmes. »

Propos attribués à JOSEPH STALINE

« S'il est une vérité que l'Histoire m'a enseignée, c'est qu'il est dangereux de croire trop fortement en quoi que ce soit. »

PHILIP KERR, *La Mort, entre autres*

« Nous avons beau avoir brisé leurs statues,
« nous avons beau les avoir chassés de leurs temples,
« les dieux n'en sont pas morts pour autant. »

Constantin Cavafis, *Ionienne*

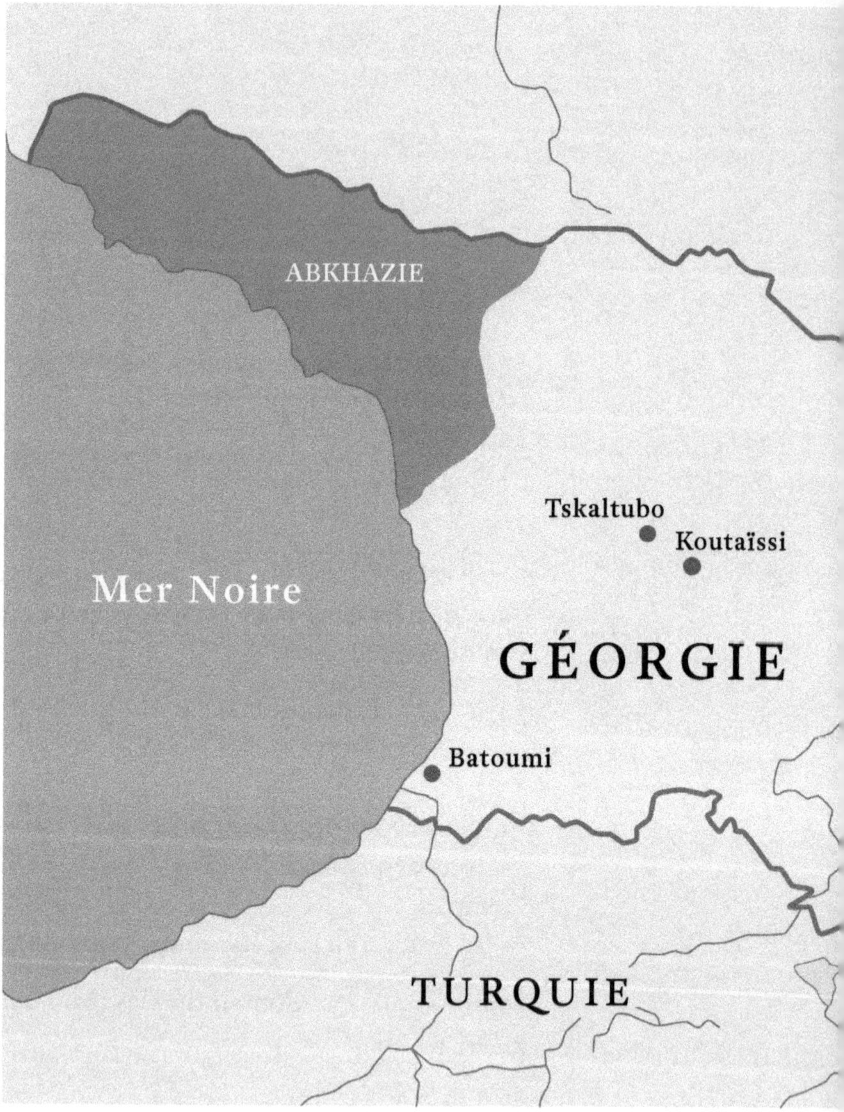

Régions indépendantes reconnues
et soutenues par la Russie

RUSSIE
OSSÉTIE
DU SUD
Gori
Tbilissi
AZERBAÏDJAN
ARMÉNIE

1

En dévalant à l'aube la pente mal pavée de la rue Tchovelidze, il éprouva l'étrange sensation d'être soudain replongé dans la vie d'autrefois. Perçant à grand-peine d'épais nuages noirs, le soleil blafard de ce matin de juin semblait projeter sur les façades un crépi soviétique. Il lui fallut contourner une vieille Volga rouillée privée de ses roues, accroupie en biais sur le trottoir. Au coin de la rue Barnovi, trois chats se disputaient une carcasse de pigeon sur la chaussée gluante. Tout le quartier de Vera, d'ordinaire si riant avec ses maisons basses couvertes de vigne vierge, semblait être retombé durant la nuit dans la misère prolétarienne. En levant la tête il distingua tout juste l'arête de la colline de Didoubé, qui flottait dans un brouillard jaunâtre de l'autre côté du fleuve. Tbilissi dormait encore, et ne s'éveillerait sans doute pas avant une ou deux heures. Au loin sur la droite, les cyprès du cimetière de Koukia formaient une rangée de sombres pénitents. Un convoi de wagons-citernes chargés de pétrole passa en brinquebalant vers l'ouest, en direction de la mer Noire. Bizarre, cette impression d'être revenu en arrière... Fallait-il voir dans ces reliefs du passé les présages d'une mauvaise journée ? Il secoua ces noires pensées en tournant dans la rue Zandoukeli.

Tout avait pourtant changé, se raisonna-t-il. En particulier pour lui-même. Quelques années plus tôt, fin 2003, le nouveau président avait licencié du jour en lendemain tous les policiers du pays. Mettant fin à des décennies de corruption, il avait recruté dans la foulée des milliers de jeunes gens, payés deux ou trois fois mieux que leurs prédécesseurs. Nougo Shenguelia avait fait partie de cette nouvelle garde. À vingt-huit ans, on l'avait revêtu d'un uniforme tout neuf qui lui donnait un peu l'allure d'un flic de Miami – c'est en tout cas ce qu'avait dit sa mère, férue de séries américaines. Sa grand-mère, elle, n'avait rien dit. Comme souvent, la vieille Salomé s'était contentée de plisser les yeux en hochant la tête, l'air vaguement dubitatif… Puis, comme il se débrouillait plutôt bien en français, on l'avait expédié au pays de Clemenceau, dans l'école de police de Saint-Cyr-au-Mont-d'Or, près de Lyon, où il s'était formé aux techniques d'enquête les plus modernes. Le jeune inspecteur en conservait un souvenir ébloui.

Il traversa l'avenue Roustaveli au niveau de l'ancien institut dédié à Marx, Engels et Lénine, qu'on était en train de transformer en hôtel de luxe, et se trouva bientôt devant la façade transparente du commissariat central du Vieux Tbilissi. Cela aussi, c'était une innovation du président. Tous les commissariats du pays troquaient désormais leurs façades grises et lépreuses contre des surfaces vitrées. Le message était clair : la police n'avait rien à cacher. Ce qui permit à l'inspecteur Shenguelia d'apercevoir le gros Lacha Bregvadze, son coéquipier, affalé sur une chaise en train de se gratter les pieds. Des vitres réfléchissantes auraient peut-être évité une telle indignité.

Il n'eut même pas le temps d'avaler un café.

– Il y a eu une mort suspecte cette nuit dans notre secteur, soupira le gros Lacha dès son arrivée. À l'hôtel Marriott. C'est sur nous deux que ça tombe. Le boss nous attend.

Voilà donc ce qu'annonçaient les sombres présages du petit matin…

Le commissaire Makaladze était vissé derrière son bureau jonché de trophées datant de sa carrière de rugbyman. Il leur livra les premiers éléments de l'affaire dans la langue sèche et parcimonieuse qu'ils connaissaient bien, sans les inviter à s'asseoir.

– La patrouille nocturne a été appelée il y a moins d'une heure par la réception de l'hôtel Marriott. J'ignore les détails, mais ils ont trouvé le cadavre d'un homme dans une des chambres. La médecine légale est déjà sur place. On n'est pas encore fixé, mais ça ressemble à un meurtre. D'après le registre et les papiers d'identité laissés à l'accueil, il s'agirait d'un citoyen français. Le ministère vient de prévenir l'ambassade de France, qui va envoyer quelqu'un à l'hôtel.

Nougo et Lacha restaient cois. Makaladze pinça les lèvres et poursuivit sur un ton menaçant :

– Comme il s'agit d'un étranger, inutile de vous dire qu'il va falloir faire les choses proprement. Pas d'erreur, sur ce coup-là. Le président n'apprécie pas que des touristes se fassent trucider chez nous. C'est mauvais pour les affaires comme pour la réputation du pays. Le mot d'ordre que vient de me donner le ministre, c'est la transparence totale vis-à-vis de l'ambassade. La transparence !

Comme pour illustrer son propos, le commissaire désigna la grande baie vitrée sur sa droite, à travers laquelle on apercevait deux balayeurs publics appuyés contre une benne à ordures, à l'angle de la rue Taboukachvili. La ville commençait tout juste à s'animer. Sur la masse sombre et velue de Mtatsminda, la « montagne sacrée », les réverbères s'éteignaient un à un. Makaladze tapota nerveusement les franges rouges et noires d'une bannière du Lelo Tbilissi, son ancien club.

– Et puis on est gentil, on est poli, on est serviable. C'est compris ? Shenguelia, si je t'ai désigné, c'est parce que tu parles leur langue et que tu as étudié là-bas. Le moment pour toi de montrer ce que tu as appris en France. Si tant est que tu y aies appris quelque chose.

Nougo sentit le regard torve que lui lançait le gros Lacha. Quelle guigne ! C'était à cause de son stage en France que cette affaire délicate leur tombait dessus. Il se racla la gorge.

– Chef, est-on sûr qu'il s'agissait d'un touriste ?

– Je n'en sais rien. Mais tu connais beaucoup de résidents qui passent la nuit à l'hôtel ?

– On a son nom ?

– Au téléphone, la patrouille m'a dit quelque chose comme *Rover*… Je ne suis plus très sûr.

– *Rover* ? Ça ne fait pas très français.

Lacha se lança :

– C'est pas plutôt une marque de voitures anglaise ?

Makaladze les observa d'un air las.

– Vous me rappelez une vilaine blague soviétique. Une histoire qui mettait en scène deux dangereux intellectuels… Mais je vous l'épargne. Allez, dépêchez-vous. Tâchez d'être à l'hôtel pour les premières constatations. Vous n'avez pas besoin de voiture, c'est à dix minutes à pied.

Le gros Lacha étouffa un gémissement.

*

Il fumait sa première cigarette avec délectation, appuyé sur la rambarde. C'était tout de même autre chose que le sous-sol du ministère et ses machines à café. Devant l'ambassade s'étalait un petit lac aux eaux grises et calmes, qui retentirait bientôt du coassement des grenouilles en pleine saison des accouplements. Le vacarme lubrique se déclenchait toujours vers 9 heures, quand il commençait à faire chaud. Par-delà le lac, derrière les frondaisons d'un bosquet de peupliers vert tendre, on apercevait les toits fauves d'une grande villa : le manoir que s'était jadis fait construire Lavrenti Beria, bras droit de Staline pour les affaires de sécurité, chef du NKVD, géorgien comme son maître.

L'ambassadeur n'était pas encore là. René Turpin s'accorda quelques minutes d'oisiveté supplémentaires. Il songeait avec mélancolie au moment où il lui faudrait quitter son poste, dans quelques semaines, après quatre années de séjour. Il avait aimé ce pays. Sous l'âpreté montagnarde des Géorgiens se cachait une douceur de vivre qu'on apprenait au gré de leurs banquets joyeux et généreux, de leurs chansons tristes, de leurs danses. À la violence des mœurs caucasiennes répondait une nonchalance orientale dont on s'imprégnait pas à pas, sans hâte, avec la satisfaction de celui qui vient de loin et qui est bien accueilli. La nature était grandiose et presque intacte, ce qui était rare dans l'ancien Empire soviétique. La nourriture, sublime, il n'y avait pas d'autre mot, même dans la bouche d'un Français convaincu de son bon droit.

Bien sûr, la courte guerre survenue l'été précédent avait perturbé son plaisir et sa tranquillité. En quelques jours, après un coup de poker tenté par le président et aussitôt perdu, l'insatiable ogre russe avait arraché d'un coup de griffe un nouveau lambeau du sol géorgien. Turpin avait observé, médusé, deux armées s'affronter farouchement pour quelques arpents de terre boueuse et sans avenir, quelques ruines de bergeries abandonnées. Des chars avaient coupé l'autoroute de l'Ouest, des bombes avaient été lâchées aux abords de Tbilissi. Puis le chef de l'État français s'était entremis, et le calme était revenu. Les banquets avaient repris, les chants aussi. Il faisait encore chaud vers la fin du mois d'août. La Géorgie comptait une province de moins.

Un crissement de pneus sur le gravier du parvis le tira de sa rêverie. La Peugeot gris métallisé se rangeait devant le bâtiment, son petit fanion tricolore flottant au vent. Son Excellence Bertrand Mousquet, conseiller hors classe, soixante-trois ans, en sortit avec toute la majesté dont il était capable, c'est-à-dire en claudiquant. Sa sciatique avait dû le reprendre. Turpin se prépara pour la première salve de jérémiades du matin. Pour une fois, il se trompait.

– Alors René, on fume sa clope ? Vous tombez bien. Je viens d'avoir un appel du ministre de l'Intérieur sur mon portable. Son niveau d'anglais est celui d'un homme des cavernes – comme son physique, du reste – mais, au milieu d'un chapelet d'éructations, j'ai fini par comprendre qu'on avait un cadavre sur les bras. Un Français qui se serait fait descendre dans une chambre de l'hôtel Marriott. Quelle tuile ! Il m'a demandé d'envoyer quelqu'un sur place. Comme Weber est encore en congé, c'est vous qui allez faire office de consul. Prenez donc un chauffeur et la voiture de service. Ce sera plus facile pour se garer place Lénine.

L'ambassadeur fit demi-tour et disparut dans le bâtiment en boitillant. Pourquoi usait-il ainsi des anciens noms, ceux de l'ère communiste, pour désigner les lieux de la Géorgie indépendante ? Turpin avait relevé cette manie en plusieurs occasions, notamment quand Mousquet s'adressait à un public géorgien qu'il semblait jouir d'offenser. Ou bien était-ce une réminiscence involontaire ? Une séquelle des séjours qu'il avait jadis effectués à Moscou, comme jeune fonctionnaire, dans les années 1970, 1980 ? La place Lénine s'appelait aujourd'hui place de la Liberté...

Il resta encore un peu sur le parvis. L'air était doux et les grenouilles commençaient à peine leur tintamarre. Il poussa un soupir. La tâche que venait de lui confier Mousquet ne lui était pourtant pas étrangère. Plusieurs fois au cours de sa carrière, il avait dû s'affairer sur des cas de compatriotes décédés loin de chez eux. Il se rappelait la litanie des étapes :

s'assurer de l'identité du défunt ; informer la famille ; récupérer le certificat de décès, le faire traduire et légaliser ; saisir les services concernés de l'état civil en France ; organiser le rapatriement du corps dans un cercueil plombé. La routine, en somme, même si c'était toujours un crève-cœur pour une ambassade que de renvoyer un Français chez lui entre quatre planches. Traiter d'une affaire de meurtre était toutefois plus rare – surtout en Géorgie, où le taux de criminalité avait prodigieusement baissé depuis l'élection du président. Il émit l'espoir que la victime ne fût pas une de ses connaissances.

*

Ce n'était pas *Rover*, mais *Rouvre*. Sébastien Rouvre. Nougo Shenguelia feuilletait le passeport laissé par la victime à la réception. L'homme était âgé de vingt-six ans. Né le 17 février 1983 à Bordeaux. 1,83 mètre. Yeux bleus. La photo révélait un visage juvénile ceint de cheveux bruns et bouclés. L'inspecteur trouva un tampon d'entrée en Géorgie – 13 mars 2009 – qu'il crut d'abord être le seul. Puis il en trouva d'autres. Cinq en tout. Le plus ancien datait du 3 septembre 2008, et arborait le logo de l'aéroport de Tbilissi. Plusieurs tampons russes aussi, dont les dates correspondaient à celles d'oblitérations géorgiennes, révélant des voyages récents, sans doute via Istanbul ou Bakou, vers l'aéroport moscovite de Domodedovo. Étrange, pour un touriste de passage. Les informations contenues dans le passeport esquissaient plutôt l'hypothèse d'un voyageur basé depuis plusieurs mois dans la capitale géorgienne. Mais alors, comme l'avait relevé Makaladze, pourquoi dormir à l'hôtel ? À la réception, on lui avait dit que le jeune Français n'avait payé que pour une nuit. On ne se rappelait pas l'avoir vu auparavant.

Lacha, resté au rez-de-chaussée, examinait les enregistrements des caméras de surveillance. Depuis le seuil, Nougo observa l'intérieur de la chambre. L'équipe médico-légale travaillait en silence, avec minutie. De puissants projecteurs installés dans les coins produisaient une atmosphère étrangement gothique, avec ce corps tout nu en travers du lit. La pièce était sens dessus dessous ; vêtements éparpillés, tiroirs et placards ouverts. Que s'était-il passé dans cette chambre ? S'agissait-il d'un vol ? D'une dispute ayant dégénéré ?

Nougo Shenguelia n'aimait pas les scènes de crime. C'était moins leur côté morbide que le sentiment d'être arrivé trop tard qui le perturbait. Une scène de crime représentait toujours une défaite. Un meurtre qu'on n'était pas parvenu à prévenir. Un individu que la police n'avait pas pu protéger. La criminologie, même dans ses versions les plus modernes, comme celle qu'on lui avait enseignée en France, était une science de l'échec. Certes, on finissait presque toujours par deviner ce qui s'était passé. Avec un peu de chance, on arrêtait même des suspects. Mais on ne faisait pas revenir les morts.

L'équipe médico-légale était dirigée ce matin-là par Lika Batiachvili, qu'il n'avait pas croisée depuis plusieurs mois. Entrée dans la même promotion que lui après un doctorat en médecine, elle avait passé une année de stage dans l'académie du FBI à Quantico, en Virginie. En peu de temps, elle s'était construit une réputation d'autorité que lui enviaient les vieux légistes. Sa beauté sombre et son mauvais caractère ajoutaient à la légende. Nougo la regardait évoluer précautionneusement dans l'espace confiné de la chambre, revêtue d'une combinaison blanche. On eût presque dit, à ses gestes si lents, si retenus, qu'elle se livrait à l'une de ces danses contemporaines inspirées du tantrisme. Il la trouvait attirante, même si elle lui faisait un peu peur. Pouvait-on s'éprendre d'une fille qui passait sa vie entourée de cadavres ? Il se demanda quelle pouvait bien être l'odeur de sa peau, après toutes ces heures à la morgue…

– Monsieur Shenguelia ?

Il sursauta. Un homme d'une cinquantaine d'années, de taille moyenne, bien mis, se tenait devant lui. Il ne l'avait pas entendu sortir de l'ascenseur.

– On m'a dit à la réception que vous parliez français. Je suis René Turpin, premier conseiller à l'ambassade de France.

Les douces sonorités de la langue française l'enveloppèrent soudain, chargées de souvenirs heureux, incongrues dans ces circonstances. Gardant à l'esprit les admonestations de son chef, il se présenta aussi aimablement qu'il le put. Puis il bafouilla quelques mots de condoléances qui semblèrent satisfaire le diplomate. En guise de premier gage de transparence, il tendit à Turpin le passeport de Sébastien Rouvre.

– Pouvez-vous me dire si vous le connaissiez ?

Turpin, qui tentait jusque-là d'apercevoir ce qui se passait dans la chambre, jeta un œil au document.

– Ça ne me dit rien. Mais laissez-moi appeler l'ambassade. On pourra me dire s'il était inscrit au registre des Français qui résident en Géorgie.

Turpin sortit son téléphone d'une poche de son manteau et s'éloigna dans le couloir. C'est le moment que choisit Lika Batiachvili pour jaillir de la chambre.

– Alors, Shenguelia. Tu glandes et tu palabres ? Tu as toujours été beau parleur. Je te croyais à la circulation routière.

Elle ôta son masque de protection et lui décocha une mimique narquoise.

– Et toi ? Toujours plus aimable avec les morts qu'avec les vivants ?

Nougo attendit que Turpin eût fini de passer son coup de fil. Il le présenta à Lika, avant de prier celle-ci de leur livrer, en anglais, ses premières conclusions. Elle prit son souffle, l'air très concentré :

– Bon. Premier point, il s'agit bien d'un meurtre, aucun doute là-dessus. Par strangulation. Nous n'avons pas retrouvé l'arme du crime, mais il semble que le meurtrier se soit servi d'une cordelette en nylon, sans doute un peu usagée. J'ai pu prélever quelques minuscules fibres synthétiques sur la gorge de la victime. Cela a dû être très rapide. Aucune trace qui laisserait penser qu'elle s'est débattue. Pas d'ecchymose, à part sur la gorge, bien sûr.

– Tu as pu déterminer l'heure du crime ? interrompit Shenguelia.

Elle le fusilla du regard.

– Deuxième point, cela ressemble à un crime sexuel. Ou, plus précisément, à un rapport sexuel qui aurait mal tourné, parce que la victime est totalement nue. Mais quelque chose me chiffonne.

Elle prit un air gêné. Turpin comprit que sa présence l'embarrassait. Il l'encouragea d'un geste à poursuivre.

– Je n'ai retrouvé aucune trace de sperme, lâcha-t-elle en rougissant. Rien. Ni sur le lit ni ailleurs. Il n'y a pas non plus la moindre trace pileuse autre que celles appartenant à la victime. Habituellement, quand des personnes couchent ensemble, on retrouve toujours des poils ou des cheveux, même infimes, des différents partenaires. Là, il n'y a rien du tout.

Songeur, Nougo se demanda si elle était capable de coucher avec un homme sans porter sur leurs ébats un regard de légiste. S'amusait-elle à compter, au petit matin, les cheveux et les poils parsemés dans les draps froissés ?

– Vous pensez à une mise en scène ? demanda Turpin, que ce récit semblait fasciner.

Elle haussa les épaules et produisit une moue interrogative.

– Je n'en sais rien, mais ce n'est pas impossible. Il va me falloir pousser les investigations un peu plus loin. En revanche, je peux vous dire qu'il y a bien eu un autre individu dans cette chambre. Un homme, selon toute vraisemblance.

– Comment cela ? Vous venez de dire…

– Nous avons trouvé sur le carrelage de la salle de bains des traces de chaussures qui ne correspondent pas aux souliers de la victime. Beaucoup plus grandes. Du 47. Des pieds d'homme, à l'évidence. Au dessin laissé par les semelles, on devine un genre de rangers. Le défunt, lui, portait des mocassins.

– Des empreintes digitales ? demanda Shenguelia.

– Il y en a trop. Manifestement, le nettoyage des meubles n'a pas été fait à fond depuis plusieurs jours. Nous avons repéré au moins neuf jeux d'empreintes différents. Je les enverrai au fichier central à toutes fins utiles, mais je doute que nous puissions en tirer grand-chose. Comme la plupart des usagers de ces chambres sont des touristes étrangers, je crains que ce ne soit peine perdue.

Ils se tenaient tous les trois dans l'embrasure de la porte, à l'étroit dans ce couloir d'hôtel dont la moquette rose avait dû connaître des jours meilleurs. Lika proposa aux deux hommes de redescendre au rez-de-chaussée afin de prendre l'air devant l'entrée de l'hôtel. En ressortant sur la place de la Liberté, ils furent un instant éblouis par la lumière matinale. Turpin contempla, sur la droite, la façade néo-mauresque de l'ancienne mairie. À contre-jour, on apercevait au loin la haute silhouette métallique d'une allégorie soviétique munie d'un glaive, mi-Blanche-Neige mi-marâtre, qui donnait l'impression de surveiller la ville. Un flot de voitures tournoyait maintenant sur la place. La jeune légiste reprit son exposé en élevant la voix pour couvrir le vacarme :

– Comme je vous l'ai dit, il n'y a pas de trace de violence sur le corps du défunt. Je ne pense pas que la mort ait été précédée d'une bagarre. Le désordre qui règne dans la chambre est imputable, à mon avis, à une fouille en règle. Le meurtrier cherchait quelque chose. Reste à savoir ce que c'était, et s'il l'a trouvé. Pour l'instant, je n'ai aucun indice. Sinon qu'on n'a pas retrouvé de téléphone portable, ce qui paraît un peu bizarre.

Shenguelia semblait s'impatienter.

– Bon, tu peux maintenant nous donner une première évaluation de l'heure du crime ?

– Au vu de la température du corps et de la rigidité cadavérique, je dirais que Sébastien Rouvre est décédé il y a au moins six heures, donc très tôt ce matin. Mon rapport mentionnera que le meurtre a été perpétré le lundi 8 juin 2009, probablement entre 1 heure et 3 heures du matin.

Le téléphone de Turpin se mit à sonner. Il prit l'appel en s'éloignant puis revint vers les deux Géorgiens.

– C'était l'ambassade. Rouvre était bel et bien inscrit au registre. Profession déclarée : enseignant.

– Vous savez dans quel établissement ?

– Non. Mais il avait laissé un numéro de téléphone portable et une adresse. Complexe Souliko, rue Kous Tba. Ce n'est pas la route qui monte vers le lac aux Tortues ?

Sa question resta comme suspendue dans les fumées d'échappement. Lika et Nougo se regardaient d'un air inquiet.

*

Tandis que le chauffeur le ramenait à l'ambassade, Turpin se sentit gagné par la mélancolie. Il songea avec tristesse à ce jeune Français décédé loin de chez lui, assassiné dans une chambre d'hôtel de Tbilissi un dimanche soir… Qu'avait-il bien pu se passer ? Pourquoi tuer un professeur ? Était-ce une simple affaire de mœurs ? Ou bien Sébastien Rouvre avait-il marché sur les plates-bandes de quelqu'un ? Ces questions se bousculaient dans sa tête et le renvoyaient, imperceptiblement, six années en arrière. Il se mit à transpirer. La voiture filait le long du fleuve et, du haut de la falaise de Metekhi, les villas princières vomissaient des flots de glycine mauve. Allait-il se trouver une nouvelle fois impliqué dans une enquête policière ?

L'ambassadeur l'attendait dans son bureau en grimaçant de douleur, couché de tout son long sur le canapé. Il fit signe à Turpin de prendre le fauteuil.

– Me voilà de nouveau invité ce soir, gémit-il. Le ministre de la Culture donne un banquet improvisé en l'honneur de je ne sais quel poète obscur du XIXe siècle qu'il voudrait voir traduit dans toutes les langues d'Europe. Ça va être épouvantable, je sens déjà la migraine monter. Nous aurons droit à des chants exécutés par des types velus à la voix caverneuse. Puis à des danses débiles. Puis à des toasts interminables. Comme à la grande époque à Moscou ! Vous savez que ce sont ces satanés Géorgiens qui ont inventé tous ces rituels soviétiques ? Ça date de Staline et de toute sa clique de cinglés du Caucase.

Turpin s'abstint de répondre. Assis en biais vis-à-vis du sofa où gisait son ambassadeur, il se faisait l'effet d'un psychanalyste en pleine séance de thérapie.

– Et puis la Hollandaise va se sentir obligée de faire durer le plaisir en récitant des vers ou, pire encore, en chantant. C'est plus fort qu'elle quand elle mange sans payer un sou. Ça l'excite… Enfin, je n'ai pas le choix. Je tâcherai de m'asseoir près du Bulgare, qui n'est pas très causant mais assez drôle, et j'attendrai que ça passe.

La secrétaire entra pour déposer des documents sur le bureau. Elle leva les yeux au ciel en découvrant cette scène freudienne, puis repartit.

– Bon, Turpin, qu'est-ce que c'est que cette ténébreuse affaire de cadavre à l'hôtel Marriott ? Racontez-moi ça.

Son plus proche collaborateur fit à Mousquet un récit aussi fidèle que possible des premières constatations.

– La police géorgienne m'a assuré qu'on devrait pouvoir récupérer le corps demain. Au plus tard après-demain.

– On sait où il logeait quand il n'était pas à l'hôtel, ce Sébastien Rouvre ?

– C'est justement cela qui est étrange, monsieur l'ambassadeur. L'adresse qu'il nous avait laissée correspond à la résidence privée de Papouna Berichvili.

– Le milliardaire ?

– Oui. Cela intrigue beaucoup la police.

Mousquet se massait maintenant les sinus en gloussant.

– Avouez que c'est tout de même un drôle de prénom. Papouna. Pas très sérieux pour un milliardaire, non ? Sacrés Géorgiens ! Quand on pense qu'ils ont gouverné l'empire avec des prénoms pareils… Entre les Guigui, les Guiga, les Goga, on a déjà du mal à s'y retrouver. Vous saviez que le petit nom de Staline était Sosso ? C'est comme ça que l'appelait sa maman.

Dehors, le chœur des grenouilles atteignait son rythme de croisière. Turpin fit un effort pour reprendre le contrôle de la conversation.

– Les policiers géorgiens me donnent le sentiment d'être sérieusement investis dans cette affaire. En tout cas, je crois qu'ils ne nous cacheront rien. Ils m'ont même proposé d'être associé à l'enquête quand ce sera possible. Vous y voyez un inconvénient ?

– Non, du moment que ça ne vous prend pas trop de temps. À cet égard, Paris vient de nous donner instruction d'effectuer une démarche. À ce que j'ai compris, il s'agit de convaincre les Géorgiens de signer une convention internationale sur l'usage pacifique du cyberespace... Évidemment, cela suppose de trouver quelqu'un au ministère des Affaires étrangères qui y comprenne quelque chose. Vous voulez bien vous en charger ?

Turpin acquiesça puis se leva pour prendre congé. Il pensait déjà à son rendez-vous gastronomique du soir. L'ambassadeur le rappela.

– René, encore une chose. Cela fait un moment que vous n'avez rien écrit sur la politique intérieure. Je pensais à un papier sur le mouvement des Jeunes Patriotes.

– Les Jeunes Patriotes ? Mais le président les a bannis de la scène politique il y a cinq ans.

– Justement. Il paraît qu'ils redressent la tête. Le nonce, qui sait toujours plein de choses, me dit qu'ils préparent un coup fourré. Profitez donc de vos contacts dans la police pour vous informer.

*

Les deux policiers, de retour au commissariat, rédigeaient leur premier rapport sur l'affaire Rouvre. Nougo Shenguelia pianotait sur le clavier de son ordinateur.

– Répète-moi tes observations sur les caméras de surveillance.

– Ça n'a rien donné, soupira le gros Lacha entre deux bouchées d'un *khatchapouri* dégoulinant de fromage fondu qu'il avait acheté dans la rue.

– Dis-moi quand même, il faut que ça figure dans le rapport.

– Bon. Il n'y a en tout et pour tout que deux caméras en état de marche dans l'hôtel. Une dans le hall central, orientée vers le comptoir de la réception. L'autre à l'extérieur, sur la façade principale, pour surveiller les entrées et les sorties. Celle qui est installée au niveau des ascenseurs ne fonctionne pas. Sur les deux enregistrements effectués hier soir, on voit le Français sortir de l'hôtel à 21 h 04, sans doute pour aller dîner. Il s'absente un peu plus de deux heures. À 23 h 26, il est de retour.

– Seul ?

– Seul.

– Mais on devrait pouvoir identifier son visiteur. Tu as visionné les bandes vers 1 heure du matin ?

– Oui. Mais ça n'est pas concluant. J'ai découvert que l'hôtel comporte une autre entrée, à l'arrière, qui donne sur la rue Leonidze et qui n'est couverte par aucune caméra. C'est l'accès qu'utilise le personnel. Un couloir conduit directement aux ascenseurs, sans passer par la réception. C'est le chemin qu'a dû emprunter le visiteur de Rouvre.

Nougo fit une pause dans son pianotage. Il imaginait déjà la colère du commissaire Makaladze quand il apprendrait que ses adjoints n'avaient pas même le début d'une piste.

– Au fait, comment la réception a-t-elle pu s'apercevoir si tôt ce matin que Rouvre ne donnait aucun signe de vie ? Ils commencent le ménage des chambres à 6 heures ?

– Ils ont un système magnétique centralisé. La porte de sa chambre était mal refermée, ce qui a déclenché un signal à la réception. Le réceptionniste qui a pris son service vers 5 heures et demie s'en est aperçu. Il a envoyé quelqu'un pour vérifier.

Shenguelia consigna ces éléments dans le rapport, avant de résumer à son collègue les premières constatations médico-légales qu'avait livrées Lika Batiachvili. Il rappela aussi l'instruction venue d'en haut : par égard pour l'ambassade, le ministre avait décidé qu'on ne dévoilerait pas l'identité de la victime à la presse jusqu'à nouvel ordre. Lacha restait pensif.

– Ça m'a tout l'air d'une histoire de pédés, non ? Ils ont dû s'envoyer en l'air, puis ça a tourné à la dispute.

– Sauf que Lika dit qu'il n'y a aucune trace de sperme.

– Et alors ? Il paraît qu'ils ont la manie d'utiliser des préservatifs, rétorqua Lacha d'un air soupçonneux.

Nougo se mordit la lèvre pour ne pas rire. À trente et un ans, Lacha avait cinq enfants et un sixième en route. Mais il dut admettre que son collègue n'avait peut-être pas tort. Il leur faudrait activer leur réseau d'informateurs dans le petit milieu homosexuel de Tbilissi. S'il était vrai que Sébastien Rouvre fréquentait des garçons, on avait dû le croiser dans les deux ou trois bars gays que comptait la capitale.

Accéder au domicile de l'oligarque Berichvili serait une autre affaire. Il faudrait montrer patte blanche pour y conduire une perquisition, sans doute avec l'appui du ministre. On n'entrait pas comme ça chez l'homme le plus riche du pays.

*

Le restaurant ne payait pas de mine, avec son allure de relais routier en lisière de la voie sur berge, mais c'était leur préféré. D'après Irakli Kartadze, on y servait les meilleurs *khinkalis* de la ville.

Turpin fréquentait assidûment son voisin de palier depuis trois ans. Au gré de leurs dîners bihebdomadaires – les lundis et jeudis, sauf exception –, une solide amitié s'était nouée entre les deux hommes. L'énergie malicieuse du vieil homme s'était révélée contagieuse, et le diplomate ne se lassait jamais de l'entendre conter histoires et anecdotes de l'époque où la Géorgie était encore une des républiques de l'URSS. Jusqu'à l'indépendance, Kartadze avait enseigné l'histoire du Parti communiste à l'Université d'État de Tbilissi. En 1991, son univers s'était écroulé. Il survivait désormais, à soixante-seize ans, en recyclant de vieilles affiches de cinéma soviétiques qu'il vendait aux touristes sur le marché aux puces du Pont-Sec.

Il leur arrivait aussi de dîner chez Kartadze, les jours où le vieux professeur était en fonds. C'était alors lui-même qui se mettait aux fourneaux, son épouse russe n'entrant que rarement dans la cuisine. Le plus souvent, toutefois, ils sortaient. Selon un arrangement tacite, le Géorgien passait la commande et Turpin payait l'addition. Kartadze était un guide inégalable en matière de gastronomie caucasienne. Mais c'était plus que cela : en maintes occasions, il avait fourni à son ami français des analyses politiques des plus utiles.

– Mon ambassadeur prétend que ce sont les Géorgiens qui ont codifié la tradition des banquets soviétiques. C'est vrai, d'après vous ? demanda Turpin au moment où une serveuse déposait sur la table une montagne fumante de *khinkalis*.

Kartadze ferma les yeux en humant la brume odorante qui s'élevait entre eux. Les raviolis étaient encore trop chauds pour être engloutis.

– Son Excellence n'a pas tort. Même si, bien sûr, les Russes n'ont pas eu besoin des Géorgiens pour apprendre à ripailler. Mais il est vrai qu'une bonne partie du rituel de ces banquets – en particulier la désignation d'un des convives pour prononcer les toasts, l'ordre des discours – est d'origine caucasienne. Tout cela s'est solidifié à Moscou sous le règne de Staline. Pendant trente ans, les Géorgiens ont investi le Parti et pullulaient dans tous les secteurs de l'État soviétique. Un peu comme si votre Napoléon avait placé des Corses à tous les postes-clés de son empire, et transposé en France des traditions séculaires de son île. Avouez que c'est tout de même une drôle d'histoire.

Turpin attrapa un *khinkali* avec ses doigts. D'un coup d'incisive, comme Kartadze le lui avait appris, il pratiqua une entaille sur le bord du ravioli et aspira avec délectation tout le jus de viande parfumé aux herbes qui se trouvait à l'intérieur. Le vieux professeur n'avait pas encore rouvert les yeux. Son visage exprimait la béatitude. Comme on était un lundi soir, la salle était presque vide. Dans un coin, trois camionneurs assis sous un écran mural suivaient un match de football en dévorant des brochettes de porc.

Les deux hommes mangèrent un moment en silence, savourant chaque bouchée. Puis Turpin vida la moitié de sa bière et, sans évoquer l'affaire Sébastien Rouvre, posa la question qui lui trottait dans la tête depuis le matin.

– Dites-moi, Irakli, pouvez-vous me dire comment Papouna Berichvili a bâti sa fortune ?

Les murs du restaurant vibrèrent au passage d'un semi-remorque. Kartadze attrapa une serviette en papier et s'essuya les lèvres.

– À ma connaissance, il a fait comme tous ceux qui se sont enrichis au cours des dix dernières années du régime communiste : il a volé l'État.

– Mais encore ?

– Eh bien, c'est très simple. Je crois qu'il était directeur d'une fabrique de bottes au début des années 1980 – une entreprise d'État, bien entendu. J'imagine qu'on lui livrait chaque mois une certaine quantité de cuir, mettons quatre tonnes. Sur ces quatre tonnes, il en déclarait une impropre à la transformation.

– Vous voulez dire qu'un quart du matériau de base était déclaré défectueux ?

– Oui, c'est cela. Défectueux. Mais en fait, vous vous en doutez, cette tonne de cuir était en parfait état. Simplement, elle était extraite de la comptabilité de l'entreprise dès son arrivée. Elle disparaissait.

– Et puis ?

– Voyons ! Vous ne saisissez pas ? Ce cuir qui n'existait plus, du moins officiellement, était transformé en bottes, comme le reste, sur les chaînes de production de l'usine. Et ces bottes-là, qui n'existaient pas non plus, étaient vendues en magasin mais sous le comptoir, à dix ou quinze fois le prix. Et bien sûr, elles trouvaient acheteur, car il existait dans le pays une terrible pénurie de bottes.

Soudain il éclata de rire. Kartadze s'amusait souvent de ses propres histoires, portant sur le passé soviétique de son pays un regard volontiers caustique.

– Imaginez-vous, mon cher René. Je vous parle du truandage le plus ingénieux jamais conçu sur la surface de cette pauvre planète. Une corruption presque invisible, alors qu'elle se déroulait en plein jour, aux yeux de tous. Berichvili et ses semblables détournaient l'outil de production soviétique à des fins personnelles et, ce faisant, aggravaient des pénuries qu'ils contribuaient par la suite à combler. Nombre d'usines de ce pays étaient ainsi cannibalisées.

– Mais il n'est tout de même pas devenu milliardaire en vendant des bottes sous le comptoir ?

La serveuse revint pour déposer un *khatchapouri* d'Adjarie, sorte de pain oblong au centre duquel grésillaient un œuf et du fromage fondu. Kartadze se saisit d'une fourchette.

– Non, bien sûr que non. Mais disons que les hommes comme Berichvili, qui s'étaient considérablement enrichis au cours de la dernière décennie de l'URSS, se sont retrouvés dans la meilleure des positions au moment du dépeçage du pays, sous Eltsine. Ils avaient de l'argent. Ils ont pu racheter des usines pour presque rien. Des pans entiers de l'économie. Papouna Berichvili a ainsi fondé une banque. Puis deux. Par la suite, il a bien sûr diversifié ses activités. Le gaz. Le pétrole. L'importation d'ordinateurs. Que sais-je encore.

Les trois routiers assis à l'autre bout de la salle se levèrent d'un coup en proférant des imprécations. Leur équipe venait d'encaisser un but.

– Vous l'avez déjà rencontré ?

Irakli Kartadze commença à arracher des morceaux du *khatchapouri*. Il n'avait manifestement pas l'intention de laisser Turpin et son histoire d'oligarque gâcher son festin.

– Certainement pas. Aux yeux de ma femme, ce n'est pas un homme fréquentable. Vous savez que Nina Sergueïevna est une nostalgique de Staline. Elle vous dirait que sous le règne d'Iossif Vissarionovich, nul n'aurait pu s'enrichir de cette façon. Par ailleurs, peu de gens ici le connaissent vraiment. Il a fait l'essentiel de sa fortune en Russie. Et il reste très en retrait. On raconte qu'il vit entouré d'animaux exotiques.

Kartadze se remit à rire.

– C'est pour cela que le président l'appelle « le directeur du zoo ».

2

Le lendemain, Turpin fut heureusement dispensé des corvées administratives liées au décès de Sébastien Rouvre car le consul, Antoine Weber, avait eu la bonne idée d'écourter ses congés. En fin de matinée, il descendit s'entretenir avec lui dans son antre au sous-sol.

– Merci d'avoir avancé votre retour, Antoine. Du reste, où étiez-vous ?

– En Arménie, sur la rive nord du lac Sevan, à seulement quatre heures d'ici. Ne croyez pas qu'il m'en ait coûté de rentrer plus tôt. C'est encore pire qu'ici. Les gens y vendent des poissons pleins d'arêtes le long de routes boueuses, et les hôtels n'ont pas été rénovés depuis le règne de Brejnev. Le seul point fort, ce sont les écrevisses. On en pêche à foison dans le lac. Elles sont énormes. À croire qu'ils y déversent les déchets nucléaires de la centrale de Metsamor.

Weber, déjà pas bien grand, avait l'air minuscule entre les piles de dossiers de visas qui s'amoncelaient autour de lui. Depuis deux ans, Turpin s'était accoutumé à ses commentaires grinçants. Chacun dans l'ambassade avait compris qu'il ne se plaisait guère en Géorgie. On l'appelait « l'Africain », eu égard à la cohorte de ses affectations antérieures dans la région des Grands Lacs. Turpin en avait oublié la liste exacte. Ouganda ? Burundi ? Congo-Kinshasa ? Il s'était maintes fois demandé pourquoi le ministère avait jugé bon d'extraire cet agent talentueux de sa zone de prédilection pour le parachuter dans un pays du Caucase. L'ambassadeur, dont toute la carrière s'était déroulée dans l'étendue glaciale comprise entre la Vistule et l'Oural, considérait Weber avec la curiosité perplexe d'un entomologiste qui découvre une espèce rare de criquet pèlerin. Il en allait des tribus du Quai d'Orsay comme de celles d'Israël : on appartenait au même peuple mais on habitait des royaumes distincts. Weber attendait patiemment qu'on voulût bien le renvoyer dans le sien, celui des oiseaux migrateurs et des femmes bantoues.

– René, j'ai pu joindre ce matin la préfecture de Gironde puis la mairie de Bordeaux, enchaîna le consul. J'ai bien peur que les nouvelles soient assez tristes.

– Comment cela ?

– Eh bien, à ce qu'on m'a dit, Sébastien Rouvre était orphelin. Ses parents se sont tués en voiture il y a cinq ans sur une route des Landes. Père français. Mère britannique.

– Mince alors. Il n'avait plus personne ?

– Une sœur plus âgée, qui vit à Londres apparemment. La gendarmerie de Bordeaux a pu la prévenir au téléphone. Mais elle n'a pas eu l'air très concernée. Je crois qu'ils n'étaient pas en très bons termes.

– Que voulez-vous dire ? Elle n'a pas l'intention de venir en Géorgie ?

Weber haussa les épaules dans un geste d'excuse.

– Non seulement ça. C'est encore plus sordide. Il semble qu'elle rechigne à payer le rapatriement du corps de son frère.

Turpin sentit un abattement soudain l'envahir. Il dut s'asseoir un instant devant le bureau de Weber, comme vidé de ses forces. Percevant sa faiblesse, le consul ajouta :

– C'est assez courant, vous savez. J'ai connu cela maintes fois en Afrique. Des dépouilles de Français que personne ne réclame. Dans ces cas-là, on est bien forcé de les enterrer sur place.

– On va devoir l'inhumer ici ?

– C'est ce que je crains. Mais les autorités géorgiennes m'ont d'ores et déjà fait savoir que dans cette éventualité, elles prendraient tout en charge. Parce qu'il a été assassiné. Elles se sentent responsables, en quelque sorte.

Est-ce à ce moment-là que René Turpin prit la ferme résolution de contribuer de son mieux à l'enquête géorgienne ? Sans avoir jamais connu Sébastien Rouvre, lui aussi se sentait étrangement responsable. Mais de quoi, précisément ? Était-ce le sentiment diffus d'avoir failli, d'une façon ou d'une autre, à protéger un compatriote ? Ou bien était-ce le dégoût morbide que lui inspirait l'isolement familial du jeune homme ? La perspective de le savoir bientôt enseveli dans une tombe lointaine et solitaire que nul n'irait jamais fleurir ? Il songea aux nombreux cimetières militaires qu'il avait déjà parcourus dans sa carrière, à ces nécropoles d'outre-mer que la République s'efforçait d'entretenir et d'honorer. Sous les pinèdes ensoleillées des Dardanelles. Au Laos, dans une boucle du Mékong… Mais qui veillait sur les sépultures éparses des civils ? Qui même en conservait la mémoire ? Qui se souviendrait, dans quelques mois, de l'assassinat d'un jeune Français à Tbilissi ?

En quittant le bureau de Weber, il se rappela soudain une consigne importante et revint vers le consul :

– Ah, Antoine. Encore une chose. L'identité de Sébastien Rouvre doit rester confidentielle jusqu'à nouvel ordre. Même au sein du poste. Pour l'instant, le *black-out* tient bon. La presse locale se contente d'évoquer la mort suspecte d'un étranger à l'hôtel Marriott, sans plus de détails. Si vous devez échanger des notes écrites au sujet de Rouvre avec les Géorgiens, débrouillez-vous pour que son nom ne soit pas connu de nos traducteurs.

– Bien reçu, René.

*

La voiture serpentait lentement entre les pins. Nougo Shenguelia se fit la réflexion qu'il n'était pas venu dans cette partie de la ville depuis longtemps. Avant son entrée dans la police, il avait aimé courir dans ces parages verdoyants surplombant la ville. Par temps clair, depuis ces collines, on pouvait apercevoir la chaîne du Grand Caucase suspendue comme une scie au-dessus du nuage de pollution urbaine.

Assis avec lui sur la banquette arrière, le commissaire Makaladze n'avait pas desserré les dents depuis leur départ du commissariat central. Avant de monter dans la voiture, il avait lâché qu'il s'agirait seulement d'un « entretien de courtoisie ». Nougo, formé aux fouilles réglementaires, aux interrogatoires et aux perquisitions, s'interrogeait en silence sur cette nouvelle technique d'enquête. Était-ce une manière d'admettre une absence de mandat ? Ou bien la volonté assumée de prendre des gants avec une personnalité importante ?

Il fut tiré de ses réflexions par un crissement de pneus. Le véhicule venait de s'arrêter abruptement devant l'entrée d'un tunnel dissimulée entre les arbres sur le côté droit de la route. Nougo enregistra la présence de trois caméras, pendues sous la voûte comme des chauves-souris borgnes et méfiantes. Puis, comme par enchantement, une herse coulissa pour disparaître dans le sol. Le véhicule parcourut quelques dizaines de mètres dans l'obscurité. Et soudain, après avoir franchi un coude, ils débouchèrent dans une prairie ensoleillée traversée par… La voiture pila net.

– Qu'est-ce que c'est que ce cirque ? grogna Makaladze.

Un petit troupeau d'animaux franchissait la route en se dandinant. On eût dit des sangliers grisâtres, dotés de défenses recourbées.

– Je crois que ce sont des phacochères, commissaire… murmura le jeune inspecteur.

Makaladze poussa un soupir excédé. Le chauffeur donna un coup de klaxon et les sangliers des savanes détalèrent. La voiture reprit sa route à petite vitesse. Sur la droite, derrière un bosquet de chênes verts, Nougo crut apercevoir un zèbre en train de brouter. Puis ils gagnèrent une esplanade où se dressait un manoir à l'étrange froideur industrielle, fait de cylindres d'aluminium de divers calibres et de tubes de verre qui s'emboîtaient les uns dans les autres pour former… Il pensa à une usine pharmaceutique. Le bâtiment tout entier brillait tant, dans la lumière vive de midi, qu'il semblait recouvert d'un vernis acrylique. Un vernis sans doute conçu pour protéger ses occupants des miasmes de la vallée, de la misère, des importuns… Alors qu'un majordome en livrée sortait pour les accueillir sur le parvis, un vacarme assourdissant envahit les lieux. Dans une nuée de perroquets affolés, un hélicoptère se posait lentement à l'autre bout du jardin.

Dès que les pales eurent ralenti, un homme de taille moyenne en descendit et marcha vers eux d'un pas vif. Le visage glabre, les cheveux très courts, il portait un jean, un pull à col roulé vert bouteille et un blouson de cuir noir. Nougo lui donna la cinquantaine. La mine impénétrable, l'homme leur serra la main sans dire un mot puis leur fit signe de le suivre dans le bâtiment. Après avoir emprunté un ascenseur, ils se retrouvèrent au dernier étage de l'édifice d'où, à travers une baie vitrée, le regard embrassait tout

Tbilissi et les montagnes environnantes. Papouna Berichvili prit place derrière un bureau en ronce de noyer de la taille d'un porte-avions et les invita d'un geste à s'asseoir en face de lui. Il croisa les mains sous son menton.

– Je m'excuse de mon retard, j'aurais dû être là avant vous. J'ai quitté précipitamment ma propriété sur la mer Noire quand on m'a dit que la police de Tbilissi souhaitait m'entendre. De quoi s'agit-il, messieurs ?

À son assurance tranquille, on devinait une aptitude à conduire et maîtriser tout entretien. La voix du commissaire Makaladze prit un ton onctueux que Nougo Shenguelia ne lui connaissait pas.

– Un citoyen français du nom de Sébastien Rouvre, ça vous dit quelque chose ?

Berichvili répondit sans ciller :

– Oui, bien sûr. Il est à mon service depuis l'été dernier.

– Dans quelles fonctions ?

– C'est l'un des précepteurs de mes enfants. Il leur enseigne l'histoire et la géographie, de même qu'un peu de littérature. En français.

Nougo Shenguelia nota qu'il parlait au présent. Un éclair d'orgueil sembla briller dans les yeux du milliardaire. *C'est l'un des précepteurs de mes enfants*. Qui d'autre, en Géorgie, eût été à même de prononcer une telle phrase ? Nougo se remémora les bribes d'éléments biographiques saisies ici ou là dans les journaux. Une jeunesse miséreuse dans les sombres vallées du Ratcha, province montagneuse au nord du pays. Une carrière d'ouvrier prolétaire jusqu'à l'entrée au Parti. La direction d'une usine d'État. La montée à Moscou. L'immense fortune amassée dans les décombres fumants de l'empire soviétique… Bien sûr, l'enfant du Ratcha avait de quoi être fier. Le commissaire poursuivit :

– Il loge ici ? Chez vous ?

– Comme tous les précepteurs que j'emploie. J'ai mis une villa du domaine à leur disposition, afin qu'ils soient à pied d'œuvre. C'est plus pratique pour le suivi des enfants.

– Combien de précepteurs employez-vous ?

– Quatre actuellement. Une autre jeune Française, Audrey Stein, leur apprend les mathématiques et la physique. Un Allemand et une Écossaise se chargent de l'enseignement des langues.

Le commissaire Makaladze resta coi un moment. Il régnait un silence ouaté dans le grand bureau. Nougo prenait scrupuleusement des notes dans un calepin. Puis il balaya du regard le curieux ameublement. Des canapés en skaï plutôt miteux s'alignaient sous des toiles contemporaines. Sans y connaître grand-chose, il crut identifier une nature morte de Picasso, où une tranche de pastèque voisinait avec d'étranges agrumes un peu aplatis, ainsi qu'un Magritte à la profondeur énigmatique. Étaient-ce des originaux ? Berichvili, qui l'observait du coin de l'œil, intervint avec un léger sourire :

– Ce sont des copies, inspecteur. Je possède les originaux mais ils sont en lieu sûr, dans mon hôtel particulier à Paris.

Le majordome entra pour apporter du café puis disparut. Makaladze reprit sans transition :

– Monsieur Berichvili. Sébastien Rouvre a été retrouvé mort hier matin dans un hôtel du centre-ville. Tout porte à croire qu'il a été assassiné. Quand l'avez-vous vu pour la dernière fois ?

Nougo l'observa intensément : le visage lisse de leur interlocuteur ne trahit aucune émotion. L'oligarque répondit de la même voix calme et assurée :

– Vous m'en voyez désolé. J'ai dû le croiser mercredi dernier, juste avant de partir sur la côte avec ma famille.

– Mercredi 3 juin ?

– Oui, c'est cela. Je lui ai annoncé que nous partions pour une semaine, et que les enfants reprendraient les cours à notre retour. C'est l'avantage d'une éducation à domicile : le calendrier des vacances nous appartient.

– Vos enfants ne vont donc pas du tout à l'école ?

Dans une symétrie parfaite, les mains du milliardaire apponterent sur la surface immaculée du porte-avions.

– Monsieur le commissaire, je veux ce qu'il y a de mieux pour ma progéniture. Depuis toujours. Savez-vous que j'ai été le premier homme soviétique à assister à la naissance de ses enfants ? Ça ne se faisait pas encore à l'époque…

Imperceptiblement, Nougo sentit son chef se raidir. Comment la conversation avait-elle pu subitement dévier de la sorte ? En quelques secondes, Papouna Berichvili s'était mué en une caricature de lui-même : un milliardaire content de lui, enfermé dans une bulle luxueuse sur les hauteurs de Tbilissi, incapable de la moindre empathie. Il semblait jauger les deux policiers en sirotant sereinement son café, comme si l'entretien avait porté sur l'acquisition d'un nouveau tableau de maître ou l'achat d'une girafe.

Sur un côté du bureau trônaient une dizaine de matriochkas colorées, rangées en ordre croissant. Nougo dut se pencher pour s'apercevoir qu'elles représentaient les maîtres de la Russie depuis Nicolas II. La plus volumineuse des poupées figurait un Vladimir Poutine dodu et satisfait. Il est vrai qu'elle avait vocation à contenir toutes les autres.

Makaladze reprit d'une voix sourde :

– Vous venez de nous dire que Sébastien Rouvre était hébergé chez vous. Comment expliquez-vous qu'on l'ait retrouvé dans un hôtel à vingt minutes d'ici ?

– Nos quatre précepteurs sont tenus de loger ici quand nous y sommes également. Mais en notre absence, ils sont en congé. Ils sont donc libres de leurs mouvements.

– Rouvre s'absentait souvent, d'après vous ? Savez-vous qui il fréquentait en dehors de votre domaine ?

Berichvili émit un léger soupir d'exaspération.

– Je ne saurais vous le dire. Tout ce dont je me souviens, c'est qu'il aimait voyager à travers la Géorgie. Il montrait parfois des photos de ses excursions à mes enfants.

– Des tirages papier ? Ou bien sur un ordinateur ?

– Sur son ordinateur portable, je crois bien. Il ne s'en séparait jamais.

Makaladze échangea un regard perplexe avec son subalterne. On n'avait pas retrouvé d'ordinateur portable dans la chambre de l'hôtel Marriott.

– Monsieur Berichvili, vous permettez qu'on jette un coup d'œil au logement qu'occupait chez vous Sébastien Rouvre ?

Le pavillon abritant les précepteurs était vide de ses occupants, et ils ne trouvèrent rien d'utile dans la chambrette du jeune Français. Celle-ci contenait le capharnaüm ordinaire d'un étudiant : un lit défait, des piles de livres d'histoire aux pages cornées, de vieilles affiches de cinéma soviétiques collées aux murs, du linge sale et un lecteur de CD. Mais aucune trace d'un quelconque ordinateur portable.

Les deux policiers récupérèrent les numéros de téléphone des colocataires de Sébastien Rouvre. Ils avaient la mine sombre en remontant dans leur voiture. En quittant le domaine, ils longèrent un étang noirâtre où barbotaient des hippopotames nains. Nougo fut tenté d'y voir une métaphore de leur enquête : ils pataugeaient lamentablement.

Makaladze se massait les paupières avec lassitude, sa friction produisant un petit clapotis visqueux et déplaisant, comme quand on passe dans une flaque avec des bottes en caoutchouc.

– Tu en penses quoi, Shenguelia ? J'ai l'impression bizarre qu'il ne nous a pas tout dit, le Youri Gagarine de l'obstétrique… Il est un peu trop lisse à mon goût.

Nougo hocha la tête sans oser prononcer un mot. Ils passèrent devant l'institut médico-légal et il eut une pensée pour Lika Batiachvili. Avait-elle terminé son rapport d'autopsie ?

La voiture venait de s'immobiliser dans les encombrements de l'avenue Tchavtchavadze lorsque le commissaire changea abruptement de sujet :

– Dis donc, Shenguelia… Ton père… J'ai entendu dire que sa dépouille était toujours enterrée en Abkhazie. Vakhtang Shenguelia. C'est bien ça ?

Ce fut comme un coup poing dans le ventre et sa vue se brouilla. À travers la vitre sale, les autobus à l'arrêt devinrent de grosses éclaboussures jaunes. À chaque évocation des événements d'Abkhazie, la douleur lui faisait perdre pied. La honte, aussi, étrangement. Des souvenirs disparates défilèrent devant ses yeux comme autant d'images d'archives au grain trouble. La lumière dorée des plantations d'agrumes au bord de la mer Noire. Un ponton glissant d'où plongeaient des adolescents rigolards dans les flots sombres. Puis les bombardements, l'écho lourd des combats. La sépulture de son père, luisante de pluie et de chagrin, après la bataille de Gagra. La fuite éperdue des réfugiés sur des sentiers rocailleux, dans la gorge de la Kodori. Ses bras de quinze ans, déjà forts, poussant sa grand-mère dans la pente. L'exil. Le dénuement. La perte irrémédiable de l'été abkhaze. La fin de l'enfance.

– Oui chef, parvint-il tout juste à coasser. Dans un cimetière de Soukhoumi. Il est resté là-bas quand nous sommes partis, en octobre 1993. Juste après la chute de la ville.

Le temps semblait s'être arrêté, comme le flux des voitures. Makaladze fixait d'un œil absent la perspective du parc de

Vaké, au bout de laquelle une statue ailée commémorant la victoire de 1945 donnait l'impression de se déhancher sur un parterre de tombes. Il se remit à parler sans tourner la tête.

– J'ai vu passer une note. Il y aura prochainement un nouvel échange de dépouilles entre nous et les Abkhazes. C'est la Croix-Rouge qui s'en occupe. Je vais voir ce que je peux faire pour que ton père soit sur la liste. Dans l'immédiat, efforce-toi d'avancer sur cette enquête. Il nous faut des résultats, et vite.

Nougo resta de nouveau sans voix. Il se sentait presque nauséeux. Son chef venait-il de conditionner le retour de la dépouille de son père au progrès de l'enquête ? Makaladze poursuivait son monologue, imperturbable.

– Il va te falloir interroger rapidement les autres précepteurs. Ils vivaient avec Rouvre, ils doivent en savoir davantage sur ses habitudes, ses fréquentations, ses voyages. Commence par la Française. Comment s'appelle-t-elle, déjà ?

Nougo rouvrit son calepin pour consulter ses notes.

– Audrey Stein.

– Demande-lui de passer au commissariat. Attention, ne la bouscule pas. Et reçois-la en compagnie du diplomate français. Elle devrait se sentir plus à l'aise en sa présence.

*

Elle avait l'air d'une petite souris mauve. Ou d'un bonbon laqué sorti d'une de ces boîtes de chocolats d'apparat qui s'offrent encore de Kiev à Vladivostok. Assise bien droite sur un coin de la banquette arrière, Natela Grigolichvili semblait incarner à elle seule toute la dignité perplexe d'une espèce en voie d'extinction, celle des vieux cadres soviétiques un peu coincés auxquels l'effondrement final du rêve de Lénine avait tout enlevé.

Turpin avait appris à l'apprécier, bien qu'il n'eût jamais trouvé en elle l'ironie cynique de son ami Kartadze. La traductrice-interprète de l'ambassade paraissait porter sur la Géorgie moderne un regard vaguement offensé, comme si l'indépendance, l'avènement du capitalisme et l'accès à la propriété privée constituaient ni plus ni moins qu'un outrage aux bonnes mœurs. Sans avoir jamais été reçu chez elle, le diplomate imaginait sans peine son intérieur pour en avoir vu tant d'autres similaires : un piano droit dans un coin du salon ; un vieux frigo Minsk vrombissant dans la cuisine ; des bibelots en cristal de Bohême posés sur des napperons poussiéreux ; et des étagères croulant sous les volumes de la Grande Encyclopédie soviétique et les collections complètes de *Literatournaïa Gazeta*.

– Vous avez préparé l'entretien, Natela ? Vous savez comment traduire cyberespace en géorgien ? lui demanda-t-il avec un brin de malice.

– Bien sûr, monsieur le premier conseiller. En géorgien, on dit *sibersivrtse*. Mais il est possible que votre interlocuteur soit plus familier du mot russe, *kiberprostranstvo*. Alors j'utiliserai les deux.

Elle avait prononcé ces mots avec son accent indéfinissable, légèrement désuet, l'accent d'une génération entière de linguistes soviétiques auxquels on avait longtemps interdit de franchir les frontières, en les forçant à cultiver leurs idiomes sous serre comme des orchidées rares.

La voiture de service filait vers le ministère des Affaires étrangères en longeant le fleuve Mtkvari. Se souriant à lui-même, Turpin se dit une nouvelle fois que c'était cela, le sel de la vie en poste : les rencontres. La vie des autres, parfois tout juste entraperçue mais toujours riche d'enseignements, d'ébahissements, d'émotions.

– Natela, rafraîchissez-moi la mémoire. Où avez-vous appris le français ?

– À Moscou, pour l'essentiel. À l'Institut pédagogique des langues étrangères. J'en suis sortie diplômée en 1963. En français et en anglais.

– Et vous êtes devenue traductrice-interprète immédiatement après ?

– Non. On m'a renvoyée en Géorgie et j'ai d'abord enseigné à l'Université d'État, comme assistante. Mais au bout d'un an, le Parti m'a recrutée.

– Le Parti communiste de Géorgie ?

– Oui. J'ai continué à enseigner, mais les camarades avaient de plus en plus de tâches à me confier. Des traductions officielles. L'accueil de délégations étrangères. Nous étions deux à faire ce travail pour le Parti, à l'époque.

Le visage de la vieille dame s'était légèrement empourpré. Turpin sentit qu'elle avait plaisir à évoquer ce passé-là. Une lueur de fierté brillait dans ses yeux gris. Elle enchaîna, un sourire mélancolique aux lèvres.

– On m'a demandé plusieurs fois d'accompagner des écrivains. Louis Aragon. Sartre et Beauvoir. Des intellectuels britanniques, aussi. C'étaient toujours des voyages amusants, joyeux. On organisait de grands banquets pour eux. Et la Géorgie figurait presque toujours parmi la liste des républiques qu'on leur faisait visiter.

– Parce que c'était la patrie de Staline ?

Elle tressaillit, avant de reprendre sur un ton légèrement pincé :

– Non. Je pense que c'était plutôt pour son caractère... pittoresque. C'est comme ça qu'on dit, non ? Vous savez, dans les années 1960, on ne mentionnait plus trop le nom de Staline. Le XXe congrès du Parti avait eu lieu en 1956.

Khrouchtchev. La déstalinisation… Je suis sûre que vous avez entendu parler de tout ça.

Par une étrange coïncidence, la voiture de service venait de s'arrêter devant un bâtiment d'habitation vétuste de cinq étages, dont les balcons décrépits s'ornaient de cordes à linge surchargées et d'antennes paraboliques. Turpin reconnut une *khrouchtchevka*, vestige d'un programme massif d'édification d'immeubles de logement hideux dont Khrouchtchev avait affligé tout l'empire. Comme les indices d'un jeu de piste oublié, les traces du passé soviétique se dissimulaient un peu partout, dans les esprits comme le long des trottoirs. Mais qui en avait encore conscience ? Natela Grigolichvili balaya des yeux l'édifice sans le voir.

C'est elle, maintenant, qui employait un ton malicieux :

– Au fait, vous connaissez mon ancienne collègue.

– Ah bon ? Qui est-ce donc ?

– L'épouse de votre ami Irakli Kartadze.

– Vous voulez parler de Nina Sergueïevna ? Elle travaillait aussi pour le Parti ?

– Nina et moi nous sommes d'abord connues à Moscou, à l'Institut pédagogique. Elle a décroché son diplôme un an avant moi, en 1962.

– Mais elle est russe, n'est-ce pas ? Comment s'est-elle retrouvée en Géorgie ? Kartadze ne m'a jamais raconté cela.

– Après son diplôme, on l'a nommée enseignante à Rostov-sur-le-Don, dans le sud de la Russie. C'est là qu'elle a rencontré Kartadze, je crois. Ils se sont mariés puis sont venus s'installer à Tbilissi. C'est comme ça que nous nous sommes retrouvées.

Ils arrivaient aux abords du siège de la diplomatie géorgienne, sur les hauteurs verdoyantes de Mtatsminda. Le téléphone de Turpin se mit à sonner. C'était Nougo Shenguelia, qui lui donna rendez-vous le lendemain matin au commissariat central pour l'audition d'Audrey Stein.

*

Le gros Lacha faisait ostensiblement la tête. La veille au soir, lui-même et Nougo s'étaient partagé le travail en se risquant séparément dans deux bars homosexuels de la rue Akhvlediani, munis d'agrandissements d'une photo d'identité de Sébastien Rouvre. Et ils étaient tous deux rentrés bredouilles : personne, parmi les serveurs ou la clientèle, ne se souvenait d'avoir vu le jeune homme. Mais ce n'était pas leur vaine équipée qui tracassait l'inspecteur Bregvadze.

– Tu vois, geignit-il, je pensais que personne ne me regarderait. Mais il semble qu'il y ait un public pour les hommes comme moi.

– Tu t'es fait draguer ou quoi ?

– Ben oui. Apparemment, j'appartiens à la tribu des « ours ». Une espèce très demandée dans le milieu gay.

– Les ours ? Ça veut dire quoi ?

– Les hommes velus et corpulents. Je me suis fait aborder par une foule de gars. J'ai même eu droit à deux jeunes touristes polonais qui voulaient que je les attache... Doux Jésus ! Moi, un mâle géorgien, bientôt père de six enfants. Tu imagines ?

Le téléphone de Nougo se mit à sonner et il dut abandonner son collègue à ses jérémiades. C'était Lika Batiachvili.

– Shenguelia, je suis en train de terminer la rédaction du rapport d'autopsie.

– Tu nous l'envoies bientôt ?

– Quand j'aurai fini. Mais je voulais d'ores et déjà partager une information importante avec toi.

– Tu as changé d'opinion sur les circonstances du meurtre ?

– Non. Sébastien Rouvre est bien mort comme je l'ai dit avant-hier. Par étranglement. Avec une cordelette en nylon. Aucun doute là-dessus. Mais je suis pratiquement sûre qu'on l'a déshabillé après sa mort.

– Comment peux-tu savoir ça ?

Il y eut un silence au bout du fil et Lika expira longuement. Nougo eut l'impression qu'elle fumait une cigarette. Il la visualisa assise dans un coin de la morgue, chassant les effluves de formol et de putréfaction à coups de tabac.

– J'ai examiné attentivement ses vêtements. Les fibres portent des traces d'étirement suspectes. Comme si on avait eu du mal à les lui enlever.

– Et alors ?

– Et alors, Shenguelia, réfléchis. Cela peut signifier que la rigidité cadavérique s'était déjà manifestée quand on l'a dénudé.

Nougo plongea dans ses souvenirs de médecine légale avant de reprendre.

– Mais dis-moi, ça voudrait dire que le meurtrier l'a déshabillé trois à quatre heures après l'avoir tué, non ? Pourquoi aurait-il mis autant de temps ?

– Ça, mon gars, c'est à toi de le découvrir. C'est toi l'enquêteur. Mais je peux te donner mon avis si ça t'intéresse. J'ai une petite idée du scénario qui s'est déroulé dans la chambre.

– Vas-y, je t'écoute.

– Je pense que le Français a été tué vers 1 heure du matin. Ensuite, l'assassin a pris son temps. Pour fouiller la pièce méticuleusement. Ça colle avec le désordre qu'on y a trouvé. Je suis également certaine que Rouvre avait un ordinateur portable, et que son meurtrier a cherché à en explorer les entrailles pendant un bon moment, avant de se décider à l'emporter. Mon équipe a prélevé un câble d'alimentation pour Mac dans un coin de la chambre. Puis, peu avant l'aube, on l'a déshabillé pour donner à la scène l'apparence d'un crime sexuel.

– Tu penches donc pour une mise en scène.

– Oui. J'ignore si Rouvre était homosexuel. Ça aussi, c'est à toi de le découvrir. Mais il n'y a pas eu d'ébats amoureux dans cette chambre, et je suis quasiment certaine qu'il ne s'est pas retrouvé tout nu de son plein gré, ni de son vivant. Je doute aussi que le meurtrier ait finalement trouvé ce qu'il cherchait…

Nougo termina sa phrase avant elle :

– … parce qu'il est rare qu'un meurtrier s'attarde aussi longtemps sur les lieux de son crime. Et parce qu'on n'a retrouvé ni le téléphone ni l'ordinateur de la victime.

– Voilà. Tu progresses, Shenguelia. On finira par faire de toi un bon flic.

Elle ponctua l'échange d'un petit rire. Il aurait voulu répondre à cette nouvelle pique mais elle avait déjà raccroché.

*

Audrey Stein avait l'air interdit d'un lièvre apeuré devant les phares d'un camion. L'inspecteur Shenguelia venait de lui expliquer gentiment qu'elle n'était pas là en tant que suspect, seulement en qualité de témoin, mais elle semblait ne pas entendre. Elle ne paraissait pas non plus avoir enregistré la présence de Turpin, ni même compris qu'il travaillait pour l'ambassade. Le diplomate l'observa pendant que Nougo, dans ses petits souliers, allait chercher des cafés. Elle portait un ensemble veston-pantalon en jean et un chemisier jaune canari. Il l'aurait sans doute trouvée jolie, avec ses cheveux roux, ses taches de rousseur et ses yeux verts, si elle n'avait eu l'air aussi effarée. Était-ce le choc de la mort de Rouvre qui la mettait dans cet état ? Ou l'inquiétude perplexe d'être entendue dans un commissariat ?

Elle sembla se détendre après avoir bu une gorgée de café.

– Depuis combien de temps travaillez-vous pour Papouna Berichvili ? demanda doucement Shenguelia.

– Depuis bientôt deux ans. J'ai commencé en septembre 2007.

– Donc, vous étiez déjà là quand Sébastien Rouvre est arrivé à Tbilissi.

– Oui.

Turpin se pencha vers elle.

– Comment avez-vous été recrutés par Berichvili, M. Rouvre et vous ?

– Par des petites annonces qu'il a fait paraître dans des journaux étudiants. C'est comme ça qu'il procède. En France, il ne recrute en général que de jeunes agrégés.

– Vous êtes agrégée ?

– Oui. Agrégée de mathématiques. Sébastien était agrégé d'histoire.

Turpin dut prendre un moment pour expliquer à Shenguelia la vénérable institution qu'était le concours de l'agrégation. Le jeune Géorgien n'eut pas l'air particulièrement impressionné. Il reprit le fil de l'interrogatoire un peu abruptement.

– Comment se passe la vie, là-haut, dans le complexe Souliko ? Vous vivez tous ensemble, n'est-ce pas, les précepteurs ? J'imagine que vous êtes amenés à bien vous connaître ?

Audrey Stein se tortilla sur sa chaise.

– Oui, nous prenons nos repas ensemble et partageons nos soirées, bien sûr. M. Berichvili ne nous laisse guère le choix.

– Comment cela ?

L'embarras de la jeune femme était manifeste. Elle répondait maintenant de façon saccadée, les yeux dans le vague.

– Disons que… Les règles sont assez strictes, un peu militaires. Quand la famille Berichvili réside à Tbilissi, nous n'avons pas le droit de quitter le complexe les jours ouvrables. Seulement les week-ends. Il exige que nous soyons à pied d'œuvre dès lors que ses enfants sont présents.

– Il exige… ?

– C'est stipulé dans le contrat d'embauche. Nous ne recouvrons notre liberté de mouvement qu'en fin de semaine, ou bien lorsque la famille voyage.

– Et vous acceptez cela ?

– Nous sommes très bien payés, répondit-elle en baissant les yeux. Dix mille euros par mois. À notre âge, c'est inespéré, vous comprenez ?

Turpin éprouva un étrange malaise en tentant de se représenter l'existence monacale décrite par Audrey Stein. Un petit groupe de jeunes gens brillants, soumis de leur plein gré à un régime de semi-liberté dans l'ombre de l'oligarque… Mais Nougo Shenguelia revenait déjà à la charge.

– Mademoiselle Stein, que faisait Sébastien Rouvre durant son temps libre ? Vous avez parlé des week-ends et des absences de la famille Berichvili. Demeurait-il au domaine ?

– Oh non. Des quatre précepteurs actuellement employés, il était celui qui supportait le moins bien l'enfermement. Il s'échappait dès qu'il le pouvait.

– Pour aller où ? Il fréquentait quelqu'un ? Des garçons ?

La jeune fille écarquilla les yeux avant d'esquisser un sourire.

– Sébastien ? Homosexuel ? Vous plaisantez ?

– Que voulez-vous dire ?

Elle hochait maintenant la tête d'un air à la fois embarrassé et amusé.

– Eh bien… Pardonnez-moi, c'est délicat pour moi de parler de ça, maintenant qu'il est mort. Mais disons qu'il s'est montré plusieurs fois très… empressé. Tant à mon égard qu'à celui de l'autre préceptrice.

– L'Écossaise ? La jeune femme qui enseigne l'anglais ?

– Oui, il a essayé aussi avec elle. Sans plus de succès qu'avec moi, du reste. On en riait, en mettant son comportement sur le compte de l'isolement, de la frustration.

Turpin et Shenguelia se regardèrent. L'hypothèse d'ébats homosexuels à l'hôtel Marriott, déjà malmenée par la médecine légale, paraissait désormais bien mal en point. L'enquêteur eut une pensée admirative pour les déductions de Lika Batiachvili. Il reprit :

– Vous savez ce qu'il faisait quand il quittait le domaine ? Qui il voyait ?

Elle avala une gorgée de café et prit une profonde inspiration.

– J'ignore qui il voyait. Il était plutôt secret sur ses rencontres. Tout ce que je sais, c'est qu'il voyageait beaucoup à travers la Géorgie dès qu'il en avait la possibilité. Il ne tenait pas en place. Il s'est aussi rendu en Russie deux ou trois fois au cours de l'automne, si je me souviens bien.

Nougo Shenguelia opina du chef, l'air intéressé. Les propos d'Audrey Stein corroboraient les tampons moscovites aperçus dans le passeport de Sébastien Rouvre. La jeune femme poursuivait :

– Je crois que tous ses déplacements étaient liés à la rédaction de sa thèse.

– Il rédigeait une thèse ? s'exclama Turpin. Vous savez sur quel sujet ?

– Pas en détail. Il ne se confiait pas beaucoup sur ses travaux de recherche. Tout ce que je sais, c'est que c'était en lien avec des événements survenus durant la guerre froide.

L'échange fut subitement interrompu par le gros Lacha, en nage, qui pénétra dans le bureau dans un état de grande agitation. Nougo allait lui faire signe de ressortir quand son collègue s'adressa à lui en géorgien :

– La patrouille de Vaké pense avoir retrouvé le téléphone de Sébastien Rouvre. Au fond d'une poubelle, tout au bout de l'avenue Tchatchavadze. Nous l'aurons d'ici une demi-heure.

3

– Allez, le bon côté des choses, c'est que ton affaire de Français assassiné ne risque plus de faire la une des médias locaux. Tu t'es fait traduire la presse géorgienne en arrivant ce matin ?

Turpin resta un moment silencieux, fixant d'un œil absent les miettes de biscuit éparpillées sur un clavier d'ordinateur. Comment Le Cloarec parvenait-il à ingurgiter de telles quantités de galettes bretonnes ? Et par quelle voie se les procurait-il aussi régulièrement ? Le diplomate suspectait depuis longtemps le chef de station de la DGSE de se les faire expédier par la valise diplomatique. Mais il n'avait jamais été pris sur le fait : le sac postal destiné aux agents du renseignement ne pouvait être ouvert que par ceux-ci.

L'air était lourd sous les combles de l'ambassade. Plusieurs ordinateurs de grande taille bourdonnaient doucement.

Trois jours s'étaient écoulés depuis la découverte du corps sans vie de Sébastien Rouvre. Le regard de Turpin revint vers son interlocuteur, qui trempait goulûment un palet au beurre dans un verre de thé sombre.

– Que veux-tu dire ? Qu'y a-t-il dans la presse ?

– Un joli fait divers. Le suicide d'un ancien patron du KGB.

– Du KGB géorgien ?

– Oui camarade. Un dénommé Levan Rapava. Chef du KGB de Géorgie à la fin des années 1960. Les journaux ne parlent que de ça. On l'a retrouvé dans son garage, asphyxié par les gaz d'échappement de sa Mercedes.

Hugues Le Cloarec émit un gloussement.

– Voilà ce qui reste de l'Union soviétique. D'anciens tchékistes qui se donnent la mort dans de belles voitures allemandes. La presse s'en délecte, tu imagines.

C'était lui qui avait l'air de s'en délecter, songea Turpin en observant le vieil espion. Le Cloarec n'aimait rien tant que l'évocation des années de guerre froide, au mitan desquelles avait germé sa carrière : d'abord à l'ombre du gouvernement militaire français à Berlin, où on lui avait appris à contrôler des agents de part et d'autre du Mur ; puis dans une succession d'affectations grisâtres derrière le « rideau de fer », à Moscou, Prague, Sofia, Varsovie… « Charmants ports de pêche », grinçait Weber le consul. Turpin, pour sa part, peinait à se représenter ce qu'avait été la vie d'un fonctionnaire occidental dans ces capitales démocratiques et populaires. Certes, il en avait humé les tristes effluves lors de son séjour à Cuba. Les magasins vides. L'omniprésence des services de sécurité. Mais La Havane n'était pas Bucarest. À l'époque, on y dansait plus souvent qu'on y faisait la queue.

Le Cloarec était affalé de tout son long, en équilibre précaire sur une chaise de bureau à roulettes. Grand et filiforme, vêtu ce jour-là d'un costume gris rayé et d'une cravate rouge, il avait un peu l'allure d'un thermomètre.

– Qu'est-ce qui me vaut ta visite ? demanda-t-il à Turpin.

– Une commande que m'a faite l'ambassadeur. Il pense que les Jeunes Patriotes préparent un mauvais coup. Je voulais savoir si tu avais entendu quelque chose de ton côté.

Le Cloarec soupira avant d'attraper un nouveau biscuit.

– Tu sais bien que je ne me mêle pas de la politique intérieure géorgienne. Je suis déclaré auprès des autorités locales, et je coopère avec elles…

– Oui, je sais bien, le coupa Turpin… Tu suis principalement les activités des services russes en Géorgie. Mais justement. Tous ces groupuscules ultranationalistes sont noyautés par Moscou.

L'espion poussa un nouveau soupir.

– D'accord, je vais voir.

Puis il esquiva :

– Des progrès dans l'enquête sur la mort de Rouvre ?

– Aucune piste à ce stade. Mais la police a mis hier la main sur son téléphone portable. L'équipe technique l'a débloqué dans la soirée. À ce que m'en dit le commissariat central, Rouvre avait des dizaines de contacts locaux. Exploiter tout cela va prendre du temps. Mais il ressort déjà que son contact le plus régulier réside dans l'ouest du pays. Une localité près de Koutaïssi. Apparemment, il s'y est rendu à maintes reprises au cours des derniers mois. C'est ce que révèle le bornage de son téléphone.

– Tu sais où, exactement ?

Turpin dut sortir un papier de sa poche de pantalon.

– Attends une seconde… Encore un nom imprononçable… Tskaltoubo. Ça te dit quelque chose ?

Le visage de Le Cloarec se fendit d'un sourire gourmand.

– Ah… Tskaltoubo. Oui, bien sûr. C'est une ville d'eaux. *Tskali* signifie « eau » en géorgien.

– Mais encore ?

– Un immense ensemble thermal, le plus grand au monde, si je ne m'abuse. Staline s'y était fait construire une datcha. Je crois me souvenir qu'il y a même logé lors de ses derniers séjours en Géorgie. À l'automne de 1951. C'était en pleine affaire mingrélienne.

Turpin sentit l'accablement l'envahir. Le Cloarec était manifestement sur le point de se lancer dans une de ses divagations sur un épisode obscur de la grande Histoire soviétique. On était jeudi. Il aurait préféré rêvasser en songeant au dîner qui l'attendait le soir même chez le vieux Kartadze.

– L'affaire mingrélienne ? Jamais entendu parler, murmura-t-il par politesse.

Le Cloarec, ravi d'avoir un public, en oublia presque ses biscuits bigoudens.

– Une sombre histoire de la toute fin du règne de Staline. À cette époque-là, Beria n'était plus à la tête du NKVD, mais Staline s'en méfiait. Il le soupçonnait, entre autres choses, d'avoir placé la Géorgie sous la coupe de ses propres réseaux. Comme tu le sais, Beria était mingrélien, c'est-à-dire originaire de l'ouest du pays.

Turpin l'interrompit :

– Shenguelia, c'est un nom mingrélien ?

– Oui, sans doute. Comme tous les noms avec la terminaison en *ia*. Gamsakhourdia. Beria. Bokeria…

– Mais Staline voyait des complots partout, non ? Il était fondé à penser cela de Beria ?

– Pour une fois, il semble que oui. La Géorgie dérivait peu à peu hors de l'orbite de Moscou. Propriété privée, libre entreprise, corruption, tout cela y réapparaissait progressivement. Beria, en sous-main, faisait rentrer au pays des émigrés menchéviques… Staline dut finir par en avoir vent. À peu près au même moment, l'importance stratégique de la Géorgie a soudain considérablement grandi : la Turquie, en mai 1951, avait formulé sa demande d'adhésion à l'OTAN. L'URSS allait donc avoir une frontière directe avec l'Alliance. La frontière sud de la Géorgie. Cela rendait Staline particulièrement nerveux. Et puis…

Turpin n'écoutait plus vraiment. La voix monocorde de Le Cloarec se confondait peu à peu avec le vrombissement assourdi des machines. Il pensait à Sébastien Rouvre. À l'enquête. La piste de Tskaltoubo allait-elle représenter une percée ? À ce que lui avait expliqué l'inspecteur Shenguelia, le contact téléphonique identifié dans l'Ouest géorgien répondait à un nom de femme. Une certaine Nino Oubilava. Rouvre l'avait appelée des dizaines de fois au cours des cinq derniers mois ; avait effectué pas moins de huit voyages à Tskaltoubo depuis janvier. Était-ce là le nœud du mystère ? Était-on passé sans transition de l'hypothèse homosexuelle à celle d'une liaison amoureuse avec une femme ?

La péroraison de Le Cloarec revint au premier plan :

– ... Bref, je te passe les détails (*Tu es trop bon*, se dit Turpin). En novembre, après un ultime séjour dans sa datcha de Tskaltoubo, Staline s'était fait son idée. Le compte des Mingréliens était bon. Beria s'en est tiré cette fois-là, mais pas ses camarades. L'affaire s'est soldée par la déportation au Goulag d'environ quatorze mille Géorgiens.

Avant de se retirer, Turpin eut la vision fugace et nauséeuse d'un monstre mythologique et moustachu, tapi dans l'ombre des forêts de Colchide, occupé à signer des listes de condamnés.

*

Un parfum d'estragon embaumait la cuisine du grand appartement parqueté de Sololaki. Kartadze s'affairait au-dessus d'une marmite où mijotait un ragoût d'agneau aux prunes vertes et aux herbes appelé *tchakapouli*. Il fit un geste théâtral pour y verser une bonne rasade de vin blanc. Sa femme, appuyée sur le rebord de la fenêtre, une cigarette à la main, l'observait d'un œil vaguement désapprobateur.

– Je suis en fonds ! s'exclama l'ancien professeur sur un ton d'excuse. J'ai vendu hier une vieille affiche de cinéma. *Le Rouge et le Noir.*

– Le film de Claude Autant-Lara ? demanda Turpin.

– Oui, avec Gérard Philippe et Danielle Darrieux. La version soviétique de l'affiche. Une perle rare ! J'en ai tiré un bon prix.

Ils passèrent à table et Kartadze déboucha une nouvelle bouteille de vin blanc qu'il fit goûter à son invité.

– C'est un mtsvane, précisa-t-il, qu'on a mélangé avec un peu d'un autre cépage, le rkatsiteli.

Turpin huma son verre et y découvrit des tonalités d'agrumes et de fleurs. Au goût, le mtsvane s'avéra proche d'un sancerre blanc.

Comme à son habitude, Nina Sergueïevna s'assit avec eux au commencement du repas, mais sans toucher à la nourriture. Elle fuma un moment en regardant les deux hommes faire honneur au ragoût.

Turpin était pensif. Peu avant de franchir le palier pour rejoindre les Kartadze, il avait reçu un appel de Nougo Shenguelia lui proposant de l'accompagner le lendemain à Tskaltoubo. La police pensait pouvoir localiser le domicile de Nino Oubilava. Un coup de fil à l'ambassadeur Mousquet lui avait confirmé qu'il avait carte blanche. En taisant toujours son implication dans l'enquête, il résolut de faire parler les Kartadze de cette mystérieuse localité dans l'Ouest géorgien.

– Mon travail me conduit demain à Tskaltoubo, annonça-t-il d'un air dégagé, entre deux bouchées d'agneau fondant. Vous connaissez cet endroit ?

Les yeux du vieux Kartadze s'animèrent. Il se mit à rire doucement en hochant la tête d'un air incrédule.

– Tskaltoubo... Je me demande bien ce que vous avez à y faire. Autrefois, on l'appelait « la capitale du thermalisme ».

Ce fut l'un des projets pharaoniques de Joseph Staline. Mais il n'y a plus rien là-bas. Que des ruines. Comme tout ce qu'il a construit, du reste.

Sa femme se leva soudainement en écrasant sa cigarette d'un geste agacé.

– Je te rappelle tout de même qu'il a vaincu Hitler, lâcha-t-elle avant de disparaître.

– Oui, murmura Kartadze, comme s'il se parlait à lui-même. Mais pas tout seul. Avec l'aide de vingt millions de pauvres bougres soviétiques qui y ont laissé leur peau…

Puis il sembla se souvenir de Turpin, et fit un effort manifeste pour reprendre sur un ton qui se voulait encore malicieux :

– Vous voyez, mon cher René. Ma femme est une vieille stalinienne. Elle se fâche dès que je dis du mal du vieux bouc.

Ils passèrent au salon. Nina Sergueïevna avait disparu dans les profondeurs de l'appartement. La rumeur assourdie d'un poste de télévision se fit entendre. Des voix russes.

Kartadze servit du marc de raisin dans des verres dorés et minuscules, mais l'atmosphère avait imperceptiblement changé. La mélancolie s'était emparée du vieil homme.

– Tskaltoubo… reprit-il à voix basse. Dans les années 1920, on y a découvert une source d'eau riche en carbonate de radon. Ne me demandez pas ce que c'est. En tout cas, une eau propice au traitement par immersion des maladies circulatoires, nerveuses, dermatologiques… Je crois qu'en français, aujourd'hui, on appelle ça la… la balnéothérapie. C'est bien ça ?

Turpin opina du chef en sirotant son *tchatcha*. Il adorait écouter Kartadze, enfoncé confortablement dans un vieux fauteuil.

– Vers 1926, Staline a décidé de faire du lieu un grand centre de cure. Là, il faut que je vous explique quelque chose, pour que vous compreniez bien. Avant la Grande Révolution d'Octobre – Nina aimerait bien m'entendre dire ça –, beaucoup de dirigeants bolcheviques, durant leur exil, avaient traîné dans des villes d'eaux de Suisse, d'Allemagne ou d'Autriche. Au début du siècle dernier, c'était encore chic. Et la littérature russe est pétrie d'évocations de lieux de ce genre. Je me souviens d'une nouvelle de Tourgueniev, *Assia*, qui se passe dans une station thermale en Allemagne. Peut-être l'avez-vous lue… Bref, une fois au pouvoir, ces bons vieux bolcheviques décidèrent d'offrir aux masses le luxe bourgeois du thermalisme. Progressivement, sur trois décennies, ce lieu-dit de Tskaltoubo est devenu une ville. Une grande ville. On y a construit pas moins d'une vingtaine de sanatoriums.

Kartadze se leva pour remplir leurs verres. Turpin n'osait pas l'interrompre. Dehors, une pluie tiède s'était mise à crépiter contre les hautes fenêtres donnant sur la rue. La nuit était liquide, pleine de grillons. Turpin laissa errer son regard sur les murs couverts de lithographies. Une bibliothèque en acajou croulait sous les vieux livres. La voix de Kartadze revint, scandée, un peu lointaine.

– Les syndicats géraient chacun des sanatoriums. Autant dire que c'était le Parti qui en avait la charge. Les mineurs avaient leur propre établissement. Les métallurgistes. La flotte soviétique aussi. Comme le ministère de l'Intérieur. Et ainsi de suite. On construisit une gare. Chaque soir, un train spécial quittait Moscou pour emmener en cure des centaines de prolétaires méritants à Tskaltoubo. Staline, sur la fin de son règne, y soignait ses rhumatismes. Nina et moi y sommes allés plusieurs fois, dans les années 1970. C'était un peu comme des vacances. On dormait beaucoup. On se promenait dans les forêts alentour. Il y avait parfois des concerts. Des autobus nous emmenaient par groupes pour faire trempette dans les bâtiments de cure. Le soir, on dînait dans des restaurants collectifs. La nourriture était plutôt bonne, dans mon souvenir. Un vrai paradis communiste.

– Et les sanatoriums fonctionnent encore ?

– Bien sûr que non. Tout cela s'est effondré avec l'URSS. Les trains spéciaux ont cessé de venir. Les prolétaires méritants aussi. Je ne sais pas trop ce qu'il en reste. Aux dernières nouvelles, certains sanatoriums abritaient des réfugiés d'Abkhazie. J'ignore si c'est encore le cas. Attendez-vous à découvrir un paysage de ruines.

*

Nougo Shenguelia était passé le chercher vers 9 heures et ils roulaient maintenant vers l'ouest, en direction de la mer Noire, entourés d'un flot de camions azerbaïdjanais.

Au commencement du voyage, les deux hommes restèrent silencieux, perdus dans leurs pensées. Turpin contemplait sur sa droite la chaîne du Grand Caucase, étincelante dans la lumière du matin. La perspective de ce *road trip* lui causait une sensation bienheureuse. Il s'émerveillait une nouvelle fois des aventures, petites et grandes, que lui procurait son métier. Des souvenirs disparates lui revinrent. Une visite dans une université du Grand Nord, en Suède. Une mission humanitaire dans le Sud-Est anatolien. Une crémation funéraire au Laos, près de la frontière cambodgienne. L'accostage d'un navire de la marine nationale dans la rade ensoleillée de La Valette, à Malte…

L'autoroute prit fin dans les faubourgs de Gori – la ville natale de Staline –, et Shenguelia marmonna quelque chose en désignant des casernes sur sa gauche. L'académie de police, comprit Turpin.

Après Gori, la route n'était plus qu'un mince ruban d'asphalte à deux voies, et la voiture ralentit pour prendre le rythme des voyages d'autrefois, ceux de l'enfance, le long de la Nationale 7. À Khachouri, on vendait des hamacs de toutes les couleurs au bord de la route. Un peu plus loin, à Sourami, des brioches épicées aux raisins secs appelées *nazouki*.

À l'approche du tunnel de Rikoti, Shenguelia marmonna une nouvelle fois. On atteignait la limite entre l'Est et l'Ouest. La frontière invisible entre les Empires perse et ottoman. Ils traversèrent le tunnel en silence, collés derrière un camion turc, enveloppés dans un nuage de fumée noire.

Une fois le tunnel franchi, le jeune inspecteur sembla s'animer. Était-ce le passage sur le versant occidental de la Géorgie qui le rendait plus volubile ?

– J'ignore ce que nous allons trouver là-bas, dit-il. Je ne sais même pas si nous parviendrons à mettre la main sur cette Nino Oubilava. J'ai demandé à la police de Koutaïssi de me donner un coup de main. Un collègue nous rejoindra à Tskaltoubo.

– Vous avez déjà échafaudé des hypothèses concernant le meurtre de Sébastien Rouvre ? Vous avez des pistes ?

Shenguelia soupira, les mains cramponnées sur le volant. La route, en pente abrupte, décrivait maintenant des virages serrés dans un paysage de moyenne montagne. On vendait du miel et de la vannerie sur le bas-côté, où trottinaient des cochons noirs. Turpin observait les lourdes fermes quadrangulaires posées avec assurance au pied des tertres. Un peuple solidement campé sur ses deux jambes depuis la nuit des temps, qu'aucun envahisseur – qu'il fût byzantin, persan, arabe, turc, ou russe – n'était jamais parvenu à déloger, ni même à assimiler.

– À ce jour, nous n'avons rien, il faut bien l'admettre. La piste d'un crime sexuel n'a rien donné, je crois qu'on peut définitivement l'écarter. L'entretien avec son employeur non plus, même si Papouna Berichvili a semblé nous cacher des choses. Alors, que nous reste-t-il ? L'hypothèse d'un différend personnel. Mais au vu de ses très nombreux contacts, dont témoigne son téléphone, ça va nous prendre du temps d'interroger tout le monde. Ensuite, on a le scénario selon lequel Sébastien Rouvre a gêné les intérêts de quelqu'un. Ce qui peut nous conduire à enquêter dans les milieux criminels. Vous avez entendu parler des *vory v zakone* ?

– C'est une espèce de mafia, non ?

– Les voleurs dans la loi. Une caste de truands qui est apparue dans les années 1930, au sein du Goulag. Ils existent encore et perpétuent toutes sortes de règles et de rituels. Les Caucasiens en ont toujours formé l'aristocratie. Mais on n'en voit plus beaucoup en Géorgie. Le président a fait le ménage depuis son arrivée au pouvoir. Ces gars-là écument maintenant les pays occidentaux, comme la France. Ils vont là où est l'argent.

Shenguelia s'interrompit pour freiner abruptement. Un troupeau de moutons traversait la route dans un nuage de poussière, en chemin vers des pâturages d'altitude. Deux chiens efflanqués vinrent renifler les pneus de la voiture.

– C'est pourquoi Tskaltoubo nous intéresse, poursuivit le policier en redémarrant. Rouvre y est allé huit fois en cinq mois. C'est bizarre. Parce que ce n'est pas vraiment le genre d'endroit où on va passer le week-end. Vous verrez bientôt pourquoi. Quoi qu'il en soit, il reste une question à laquelle il est encore malaisé de répondre : pourquoi le meurtrier de Rouvre s'est-il débarrassé du téléphone ? Cherchait-il quelque chose qu'il n'a pas trouvé ? Ou bien, au contraire, l'a-t-il jeté dans une poubelle une fois y avoir trouvé ce qu'il cherchait ? Une liste de contacts ? Des documents, des photos ?

Arrivés dans la plaine, ils firent halte dans la bourgade industrielle de Zestaphoni pour déjeuner. Alors qu'ils attendaient leurs brochettes de porc dans un troquet au bord de la route, Shenguelia ouvrit son ordinateur portable pour montrer à Turpin des photos transférées depuis le téléphone de Rouvre.

– Jetez-y un œil. Ce sont des images qu'il a prises à Tskaltoubo. Il y en avait des centaines.

En visionnant les clichés, Turpin se souvint des mots de Kartadze. *Attendez-vous à découvrir un paysage de ruines.* La plupart des photos avaient été prises à l'intérieur de bâtiments déglingués. Des salles de bains aux carrelages fendus. De grandes chambres au parquet arraché. Du matériel médical vieillot, gravé de caractères cyrilliques. De vieux téléphones. Le diplomate crut reconnaître une immense salle de théâtre dont tous les fauteuils avaient perdu leur cuir. Une salle de bal, aussi, aux murs noircis. L'ensemble produisait une impression d'absolue dévastation, comme au lendemain d'une bataille.

– Comment savez-vous que ces clichés ont été pris à Tskaltoubo ? demanda Turpin. Vous en êtes sûr ?

Le visage de Shenguelia se crispa dans un rictus à la fois gêné et douloureux. Il semblait hésiter à poursuivre.

– J'en suis certain. J'y ai moi-même vécu, lâcha-t-il.

Comme le diplomate ne disait rien, il se força à continuer. Les mots sortaient difficilement.

– Ma famille… Nous sommes des réfugiés d'Abkhazie. Vous savez, à la chute de l'URSS, il y a eu une guerre terrible. Les Abkhazes, dont le territoire faisait pourtant partie de la Géorgie, ont voulu leur indépendance. Ils étaient soutenus par l'armée russe. À la fin des combats, les Géorgiens de souche ont dû s'enfuir. Plus de deux cent mille réfugiés… À l'automne 1993… Ma grand-mère, ma mère et moi, nous étions parmi ceux-là. Le gouvernement ne savait pas où nous mettre. On nous a dispersés ici et là. Pour nous, ça a été Tskaltoubo. Avec des milliers d'autres. Les sanatoriums étaient vides depuis deux ans. Alors on nous a parqués là. Sans aide, sans rien. On avait tout perdu.

Les brochettes étaient maintenant sur la table, mais Nougo Shenguelia continuait péniblement son récit haché en mâchonnant du pain, le regard vide. Turpin ne pouvait qu'imaginer la tempête en cours sous le front plissé du jeune homme.

C'était la seconde fois en trois jours que le policier se voyait forcé de plonger dans sa mémoire meurtrie. La tombe humide et solitaire du père laissée derrière eux. La peur, la misère. Sa grand-mère n'avait plus jamais été la même depuis l'exode. Elle parlait peu, passant des heures à s'abrutir devant la télévision. Nougo avait maintes fois observé la façon qu'elle avait de se tenir à la lisière des choses, des gens. Comme si le monde était une affaire qui ne la concernait plus.

– Les sanatoriums n'étaient plus utilisés depuis deux ans quand nous sommes arrivés, répéta-t-il. Il n'y avait plus ni chauffage ni électricité. Tant bien que mal, les réfugiés ont essayé de s'organiser en restant ensemble. Les gens de tel quartier de Soukhoumi ou de Gagra se retrouvaient dans le même bâtiment. Nous trois, nous avons échoué dans un ancien hôtel, le Sakartvelo. L'un des derniers bâtiments construits, vers la fin des années 1970. Architecture brutaliste. Les Soviétiques en raffolaient. Ça, pour être brutal, ça l'était. Le premier hiver a été terrible. On n'avait rien pour se chauffer. Avec une bande de copains, j'écumais les autres sanatoriums. Nous arrachions les parquets pour avoir du bois de chauffage. Tout le monde faisait ça.

Soudain, les yeux de Shenguelia se fixèrent sur Turpin :

– Vous voyez, c'est pour ça que j'ai reconnu immédiatement les photos de Rouvre. Je connais chacun de ces bâtiments comme ma poche. Je les ai tous pillés, à l'époque.

Dans certains cas, on arrivait à revendre les matériaux volés. Des rideaux. Des meubles. C'était la seule façon de survivre.

*

Ils entrèrent dans Tskaltoubo en début d'après-midi. Nougo Shenguelia, hanté par les fantômes de l'exode abkhaze, avait la mine sombre. Le policier dépêché par le commissariat de Koutaïssi les attendait devant l'ancienne gare. Il démarra en leur faisant signe de le suivre.

Au début, Turpin ne vit pas grand-chose, tant la végétation s'était emparée du site. Puis les bâtiments, disposés le long de cercles concentriques autour de la source principale, se révélèrent peu à peu. Turpin aperçut d'abord un immense édifice de style néoclassique, paré de colonnades et de gloriettes, évoquant un peu un palais autrichien de la fin du règne des Habsbourg. Puis d'autres, de même facture. Des coupoles pointaient entre les cimes des arbres. Il vit des fontaines asséchées, mangées par la mousse, des piscines vides au béton effrité, des statues noircies de prolétaires musculeux. Plus loin, une truie et ses huit porcelets dévalaient un escalier d'apparat. Plus loin encore, sur un versant, s'élevaient des bâtiments modernistes. On avait donné la forme d'une soucoupe volante à un établissement de cure.

L'ensemble dégageait une impression d'abandon. Des herbes folles poussaient sur les parvis, les hautes fenêtres béaient, privées de leur vitrage. Turpin se demanda si l'Empire romain avait ressemblé à cela, au commencement du déclin. Des palais soudain vides, dont on volait les briques. Le Panthéon d'Agrippa, debout mais habité par les poules…

Ils s'arrêtèrent devant un sanatorium qui devait dater de la fin des années 1950, à en juger par l'image de la sonde Spoutnik survivant au fond d'un bassin, sous la forme d'une mosaïque décolorée. L'entrée du bâtiment, maculée de boue, était jonchée de câbles électriques.

La police de Koutaïssi, se fiant au registre de l'opérateur téléphonique, pensait avoir localisé le domicile de Nino Oubilava. Ils se mirent à parcourir l'édifice en interrogeant ses occupants, pour la plupart âgés. Plusieurs familles se tassaient dans une seule pièce, au milieu d'un bric-à-brac de matériel médical obsolète et de meubles de récupération. Des odeurs de soupe flottaient dans les longs couloirs obscurs. On finit par leur dire que la famille Oubilava vivait au cinquième étage, le dernier.

L'homme qui les accueillit avait environ soixante-cinq ans. Se tenant sur le pas de la porte, il observait les deux policiers en uniforme avec une méfiance manifeste. On ne devait pas voir la police très souvent dans ces parages... Shenguelia engagea la conversation et Turpin comprit qu'il demandait à parler à Nino Oubilava. L'homme lâcha alors un flot de paroles en multipliant les signes de dénégation.

– Il dit être le père de Nino, traduisit l'inspecteur en se tournant vers Turpin. Mais il prétend qu'elle travaille en Grèce, dans un hôtel, et qu'elle n'a pas mis les pieds ici depuis deux ans.

– Montrez-lui la photo de Rouvre, suggéra Turpin. Voyons s'il le connaît.

L'homme se pencha sur le cliché qu'on lui tendait et sembla tressaillir. Mais il hocha la tête de droite à gauche en répétant : *ara... ara...* Non, non. Il fit mine de refermer la porte. Le jeune inspecteur sortit alors son téléphone portable et composa un numéro. Turpin comprit instantanément la manœuvre : il appelait le numéro enregistré au nom de Nino retrouvé dans le portable de Rouvre. Une sonnerie musicale se mit à retentir. Turpin reconnut l'hymne géorgien, interprété par une cantatrice. *Tchemi khaaa-tia sa-amshooo-blo...*

Le son provenait de l'une des poches du pantalon élimé du vieil homme.

*

Ils ressortirent du bâtiment dépités. Poussé dans ses retranchements, le père de Nino Oubilava avait d'abord admis utiliser un téléphone enregistré au nom de sa fille. Puis il avait fini par avouer connaître Sébastien Rouvre, et l'avoir rencontré plusieurs fois. Il prétendait lui avoir servi de guide dans les sanatoriums de Tskaltoubo. Selon lui, le jeune homme avait parlé de travaux de recherche universitaire, sans plus de précision. Il avait aussi montré un intérêt particulier pour la datcha de Staline, où il s'était rendu plusieurs fois.

Les policiers ne purent en tirer davantage. Ils avaient tout de même vérifié que le père Oubilava disposait d'un solide alibi pour la nuit du 7 au 8 juin, qu'il disait avoir passée dans une cellule de dégrisement du commissariat de Poti. Un simple coup de fil à la police du port, sur la mer Noire, avait permis de confirmer ses dires.

La piste d'une relation amoureuse avec une femme semblait, à son tour, s'évanouir. Avant de reprendre la longue route pour Tbilissi, Turpin demanda à voir les vestiges de la datcha de Staline.

*

La villégiature du vieux tyran avait été construite un peu à l'écart du site de cure, sur une colline plantée de grands conifères. C'était un bâtiment massif, sur deux niveaux, sans style particulier, entouré d'autres maisons plus petites qui devaient accueillir les courtisans et les gardes. Turpin y pénétra seul, laissant les deux policiers dans la cour. Au rez-de-chaussée les pièces étaient vastes, ouvertes sur le paysage alentour par de grandes baies dont les vitres avaient volé en éclats des années plus tôt. Le diplomate fut parcouru de frissons. Le récit fastidieux de Le Cloarec lui revint à l'esprit. *L'affaire mingrélienne.* Il visualisa le tsar rouge, perclus de rhumatismes, assis dans un coin, occupé à ourdir la déportation de milliers de Géorgiens... À l'étage, les pièces donnaient l'impression d'avoir été soufflées par une explosion. Il avançait prudemment sur le sol jonché de débris et de vieux chiffons. Des graffitis obscènes recouvraient les murs d'une salle de bains vide. Qu'est-ce qu'avait bien pu chercher Sébastien Rouvre dans ces lieux dévastés ? Comment nourrir un travail universitaire dans ces misérables ruines ? Il éprouva soudain la sensation déplaisante et cotonneuse d'avoir déjà parcouru ces lieux. Était-ce l'effet d'avoir visionné, le jour même, les images du jeune Français ? Pourtant, il manquait quelque chose... Turpin ne parvint pas à comprendre la raison de son trouble.

Il ressortit et traversa la cour. Sur la droite, il pénétra dans un bâtiment longiligne dont il peina d'abord à saisir l'usage. Une grande salle en pente douce, vide, elle aussi. En se retournant, il aperçut les petites ouvertures rectangulaires percées près du plafond et comprit : une salle de cinéma. Le passe-temps favori de Staline. Combien de fois y avait-on projeté *Le Cuirassé Potemkine* et la comédie musicale *Volga Volga* ? Une brise tiède soufflait à travers les fenêtres, diffusant une odeur de pinède. Turpin gravit quelques marches pour jeter un œil à la cabine du projectionniste, mais tous les équipements avaient disparu.

Le portable de Nougo sonna alors que le diplomate revenait vers lui à pas lents. C'était Lika Batiachvili. Le policier grimaça et se força à décrocher.

– Shenguelia, tu es où ?

– Dans l'Ouest. À Tskaltoubo.

– Makaladze va t'appeler, je préfère te prévenir. Tu vas devoir rentrer rapidement à Tbilissi. Mets-toi en route sans tarder.

– Pourquoi ?

Il y eut un silence. Puis la légiste reprit :

– Levan Rapava.

– Quoi, Levan Rapava ?

– Le type du KGB. Celui qu'on a retrouvé mort avant-hier. Je viens de finir l'autopsie.

– Et alors ? Les journaux ont écrit qu'il s'était suicidé, non ?

– C'est ce que je croyais aussi. On pensait tous à une asphyxie au monoxyde de carbone. Jusqu'à ce que je découvre de minuscules fibres de nylon sur sa gorge.

4

Il était rare que Makaladze convoque une réunion un samedi matin. Nougo observa les participants, dont bon nombre n'avaient pas l'air très réveillé. Il flottait malgré tout une atmosphère électrique dans la grande salle du commissariat central, et personne n'avait osé prendre le risque d'arriver en retard.

– Bon, commençons par le commencement, siffla Makaladze. Est-ce que le chef de la police de Mtskheta peut nous faire un bref résumé ?

Nougo comprit que le corps de Levan Rapava avait dû être découvert sur le territoire de Mtskheta-Mtianeti, une province voisine de la capitale. Compte tenu de son possible lien avec le dossier Rouvre, l'affaire Rapava allait sans doute être dépaysée au profit de la juridiction de Tbilissi.

Même si Mtskheta n'était qu'à quarante-cinq minutes en voiture, l'homme avait l'expression un peu effarée des provinciaux qui ne vont en ville que rarement. Il se racla la gorge :

– Mercredi matin, le 10 juin, nous avons été appelés dans le village de Tsitelsopeli par une voisine de Levan Rapava.

– Tsitelsopeli ? C'est sur la Route militaire, non ?

– Oui, sur la route qui monte vers la Russie. Le village comporte un lotissement de villas construites sur la berge de la rivière Aragvi. Des propriétés cédées dans les années 1970 aux agents méritants du KGB. La plupart ont été revendues plusieurs fois mais Rapava habitait toujours la sienne. La voisine nous a appelés vers 9 heures et nous sommes arrivés sur place à 9 h 30.

– Qu'est-ce qui avait motivé son appel ? s'impatienta Makaladze.

– Un bruit de moteur dans le garage de Rapava. Elle nous a dit s'être levée à 6 heures du matin pour sortir son chien. Et depuis son réveil, elle entendait un moteur tourner. Elle a trouvé cela suspect et a appelé la police.

– Donc, vous arrivez à Tsitelsopeli à 9 h 30. Et là, vous faites quoi ?

– Le moteur tournait toujours. On a d'abord sonné, mais personne n'a répondu. Puis l'un de mes hommes s'est aperçu que la porte du garage n'était pas verrouillée, et nous avons ouvert. Il y avait une fumée épouvantable, et il a d'abord fallu aérer. Quand on a pu entrer pour couper le contact de la Mercedes, on a trouvé le corps de Rapava, affalé sur le siège avant droit. Le siège passager.

– La place du mort ! pouffa le gros Lacha à mi-voix.

Makaladze lui adressa un regard assassin et fit signe à l'homme de Mtskheta de poursuivre.

– Toutes les vitres du véhicule avaient été baissées. On a essayé de le ranimer, mais il était manifestement mort depuis plusieurs heures.

– Et vous avez conclu au suicide ?

L'homme eut un regard gêné.

– Oui, à première vue, c'est à un suicide que cela ressemblait. Même s'il est vrai qu'on n'a retrouvé aucune lettre. Ni dans le garage ni dans la maison, que nous avons inspectée dans la foulée. C'est pourquoi j'ai demandé une autopsie.

– Rapava vivait seul ?

– Il était veuf. Sa femme est décédée il y a sept ans, apparemment.

Makaladze opina du chef, l'air pensif. Puis il se tourna vers Lika Batiachvili en lui demandant de livrer ses constatations :

– C'est très simple, dit la jeune légiste sur un ton assuré. J'ai tiqué en m'apercevant que les tissus prélevés sur le corps de Rapava ne contenaient pratiquement aucune trace de monoxyde de carbone. Alors j'ai commencé à chercher autre chose. J'ai d'abord vu des rougeurs sur sa gorge. Puis des fibres de nylon, toutes petites.

– Les mêmes que celles retrouvées sur le corps de Sébastien Rouvre ?

– Oui, rigoureusement les mêmes. J'ai vérifié cela à l'aide d'un microscope électronique.

– Vous avez pu déterminer l'heure de la mort ?

– C'est dans mon rapport. Levan Rapava a sans doute été tué juste avant l'aube, entre 4 et 5 heures du matin.

– Autre chose ?

– Je me suis rendue hier soir au domicile de Rapava, avec mon équipe. Nous avons inspecté le garage et la maison, mais ça n'a rien donné. En outre, la scène a été contaminée par les policiers de Mtskheta, qui pensaient avoir affaire à un suicide. Les précautions élémentaires n'ont donc pas été prises. Il y a des empreintes digitales et des traces de chaussures partout.

Le policier de Mtskheta se tassa sur sa chaise, l'air penaud. On sentait qu'il mourait d'envie de regagner son commissariat de province.

– Ce que je peux aussi vous dire, ajouta Lika, c'est que je n'ai trouvé aucun signe d'effraction. Ni sur la porte d'entrée ni ailleurs. Toutes les fenêtres sont intactes. Rapava a dû ouvrir à son meurtrier. Par ailleurs, à première vue, je n'ai relevé aucun signe de fouille. Contrairement à ce que j'avais observé dans la chambre de Rouvre.

Le commissaire Makaladze la remercia et reprit la parole, projetant en avant sa corpulence d'ancien demi de mêlée, les bras tendus devant lui :

– Bon, nous avons maintenant deux assassinats sur les bras. Le même *modus operandi*, à deux jours d'intervalle. Et la même volonté de maquiller les meurtres, l'un en crime sexuel, l'autre en suicide. Shenguelia, tu as pu vérifier si Rouvre et Rapava se connaissaient ?

– L'équipe technique est en train de regarder dans le téléphone de Rouvre. Elle va aussi examiner le téléphone de Rapava, qu'on a retrouvé dans son salon à Tsitelsopeli.

– Il faut accélérer, insista Makaladze. Je vais te donner un agent pour appeler tous les contacts de Rouvre en Géorgie. Concentrez-vous d'abord sur les numéros qu'il a appelés au moins deux fois.

– Bien, chef. Mais ça va prendre du temps. On a recensé pas moins de deux cent vingt-sept numéros géorgiens dans son répertoire téléphonique. Manifestement, il connaissait beaucoup de monde.

Makaladze l'ignora et se tourna vers Lacha :

– Bregvadze, il me faut un mémo sur Levan Rapava. Qu'est-ce qu'on sait déjà sur ce type, à l'heure qu'il est ?

– Pas grand-chose, chef, souffla Lacha. Né le 9 avril 1926 à Zougdidi. Il est devenu le patron du KGB de Géorgie en juillet 1967.

– Un homme d'Andropov, donc. Si j'ai bonne mémoire, Youri Andropov a pris la tête du KGB soviétique en mai 1967.

Tout le monde autour de la table eut l'air estomaqué. Comment Makaladze pouvait-il se souvenir de tels détails de l'histoire de l'URSS ?

– Combien d'années est-il resté à ce poste ? enchaîna-t-il.

– Cinq ans, apparemment. Jusqu'à l'été 1972. Il a fait le reste de sa carrière à la Loubianka, le siège central du KGB, à Moscou. Il avait pris sa retraite en 1988. C'est tout ce que j'ai pour l'instant. Vous savez que les archives locales du KGB ont été rapatriées en Russie en 1991, à la chute de l'Union soviétique. Elles sont centralisées sous bonne garde à Smolensk. Il est quasiment impossible d'y accéder. À moins d'être très bien introduit. Et russe, bien sûr.

– Bon, continue à chercher. Vois si tu peux trouver d'anciens collègues de Rapava. S'il a dirigé ici les organes durant cinq ans, il ne devait manquer ni d'amis ni d'ennemis.

Le regard du commissaire revint se poser sur Nougo.

– Shenguelia. Ta petite virée à Tskaltoubo. Ça a donné quelque chose ? Tu ne m'as encore rien dit.

– Rien pour l'instant, chef, concéda l'inspecteur. Nous avons tout de même identifié le contact de Rouvre là-bas. Un vieil homme du nom de Shalva Oubilava. Lequel prétend avoir guidé Rouvre dans les ruines du site, sans plus. Le seul aspect qui me chiffonne, c'est qu'Oubilava nous a d'abord menti, en prétendant ne pas connaître le jeune Français. Je trouve ça bizarre. Je pense qu'il nous a caché quelque chose. J'ai envie de le faire mettre sous surveillance.

– Une filature ?

– Oui. Mais ça suppose que vous passiez un coup de fil au chef de la police de Koutaïssi.

– D'accord, je m'en occupe. Dernière chose. Je n'ai pas beaucoup aimé notre entretien avec le milliardaire. J'ai ressenti… Comment dire ? Une espèce de malaise.

Il se tourna vers un agent de la section des enquêtes financières :

– Nikolichvili, faites-moi un point sur les affaires en cours de Papouna Berichvili. Ses investissements les plus récents, ses acquisitions. Je veux ça pour le milieu de la semaine prochaine.

*

Une bruine tombait doucement sur Tbilissi, qu'on distinguait à peine dans la vallée. Les parapluies noirs pressés autour de la tombe faisaient penser à un congrès de tortues endeuillées. Ils étaient moins d'une dizaine pour mettre en terre Sébastien Rouvre. Turpin, flanqué du consul Weber, observa les Géorgiens présents. Le commissaire Makaladze, l'air recueilli, se tenait devant Nougo Shenguelia et Lacha Bregvadze. Il y avait aussi deux représentants de la mairie. Il aperçut Audrey Stein, un peu en retrait, avec un bouquet de lys à la main. On avait supposé que Rouvre était catholique, et un diacre de l'église Saint-Pierre-et-Paul prononça une courte bénédiction. Le Notre Père en géorgien résonna comme une mélodie enrouée. *Mamao tchveno, romeli khar tsata shina…*

Le président, dans un geste d'amitié pour la France, avait ordonné l'inhumation du jeune Français au Panthéon de Mtatsminda, sur la pente abrupte de la « montagne sacrée ». On lui avait fait une petite place parmi les rangs serrés des poètes et des héros. Il ne serait pas seul.

C'était une maigre consolation et Turpin avait le cœur lourd en songeant à la courte existence de l'étudiant. Il se sentait aussi abattu par l'absence de réel progrès dans l'enquête. La découverte d'un possible lien avec la mort d'un vieux responsable communiste, loin de clarifier les choses, rendait manifestement perplexe la police de Tbilissi. Quelle sombre affaire avait donc pu sceller, la même semaine, le sort d'un étudiant français de vingt-six ans et celui d'un tchékiste octogénaire ?

Après l'enterrement, le petit groupe se dispersa et Turpin erra un moment parmi les tombes, perdu dans ses pensées. Derrière les arbres, le cliquetis régulier du funiculaire se faisait entendre. En gagnant le mur oriental du cimetière, il avisa une sépulture massive, formée d'une stèle en granit noir et d'une statue de femme voilée, toute blanche et sans visage. Plusieurs bouquets se fanaient sur la pierre tombale. Une poétesse célèbre ? Une princesse du temps jadis ? Il se força à déchiffrer l'inscription :

ეკატერინე ჯუღაშვილი
1856-1937

Ekaterine Djoughachvili. Un frisson l'étreignit. La mère de Joseph Staline. En Géorgie, le passé vous sautait à la figure à chaque pas. Turpin se souvint d'avoir lu quelque part que son illustre fils n'avait pas trouvé le temps de venir à Tbilissi pour les funérailles… Les grandes purges allaient commencer. La vieille dame avait eu le bon goût de s'éteindre avant l'équipée la plus sanglante de son rejeton.

Il retrouva Shenguelia à la sortie du cimetière. Le jeune inspecteur s'offrit à le raccompagner à pied jusqu'à Sololaki. On était dimanche. En entamant la descente, ils croisèrent plusieurs groupes de femmes en noir qui peinaient dans l'ascension vers l'église Saint-David.

Il avait cessé de pleuvoir mais les ruelles pavées restaient glissantes. Turpin manqua de se casser la figure dans la rue Koketichvili. Shenguelia le remit d'aplomb en l'attrapant par le col de son imperméable.

– Nous avons établi que Rouvre et Rapava se connaissaient, lâcha-t-il alors qu'ils passaient devant les seaux de framboises d'un vendeur ambulant. Ils ont échangé trois coups de fil au cours du mois dernier.

– Vous savez si Rouvre lui avait rendu visite ?

Le policier avait la mine sombre.

– Non. Ce que nous savons est plus préoccupant. Nous avons découvert que le téléphone de Rapava a borné dimanche dernier, dans la soirée, aux abords de l'hôtel Marriott.

– La nuit du meurtre ? s'exclama Turpin.

– Oui, le soir du 7 juin. Vous vous souvenez que Rouvre est sorti de l'hôtel, en gros entre 9 heures et 11 h 30. Il est possible qu'il soit allé dîner avec Rapava dans un restaurant du coin. Ce qui nous conduit à trois hypothèses : soit Rapava est lui-même l'auteur du meurtre. Mais c'est le scénario le moins vraisemblable. On n'imagine guère un type de quatre-vingt-trois ans maîtriser facilement un garçon de vingt-six ans. Deuxième hypothèse, Rapava a sciemment servi d'appât, en permettant à l'assassin d'identifier Sébastien Rouvre et de le suivre jusqu'à son hôtel. Mais ces deux premiers scénarios nous laissent avec le cadavre de Rapava sur les bras.

– Et la troisième hypothèse ?

– C'est la plus plausible. Et la plus inquiétante aussi. L'assassin filait Rouvre, et s'est aperçu qu'il fréquentait Rapava. Il a d'abord réglé son compte au premier, puis au second deux jours plus tard. La question, maintenant, c'est de découvrir ce qui les rapprochait, et qui valait qu'on les tue. Faut-il s'attendre à d'autres meurtres, parmi les gens que fréquentait Rouvre ? Nous sommes dans le brouillard. Je ne vois pas non plus comment ses fréquents voyages à Tskaltoubo s'emboîtent avec le reste.

Sans s'en rendre compte, les deux hommes avaient terminé la descente de la « montagne sacrée ». Ils débouchèrent au bout de l'avenue Roustaveli, à deux pas de l'hôtel Marriott où toute l'affaire avait débuté le dimanche précédent. Avant de prendre congé, Nougo Shenguelia fit part à Turpin d'un souci supplémentaire.

– J'ignore combien de temps encore nous pourrons garder les médias à distance du dossier Rouvre. À cause de son lien désormais évident avec l'assassinat de Rapava. Demain, lundi, le commissaire Makaladze sera tenu d'annoncer à la presse que Rapava ne s'est pas suicidé. Il restera aussi vague que possible, en invoquant le secret de l'enquête. Mais cela va faire du bruit…

*

La prédiction de l'inspecteur Shenguelia fut éclipsée le lendemain, lundi 15 juin, par un événement imprévu.

Vers 10 heures, le commissaire Makaladze fit irruption dans le bureau qu'occupaient Nougo et Lacha pour demander leur attention toutes affaires cessantes.

– Il y a du grabuge dans la Vieille Ville, rue Lesselidze. À ce que me dit la patrouille, des militants nationalistes sont en train de s'en prendre à un café vegan. Vous deux, filez tout de suite là-bas. La patrouille demande des renforts. Prenez une voiture.

Lorsqu'ils arrivèrent sur les lieux, ils avisèrent une petite trentaine d'hommes en noir qui vociféraient sur la chaussée devant un établissement peint en vert. Quelques tables agencées en terrasse avaient été désertées par leurs occupants, maintenant réfugiés à l'intérieur du café. Certains manifestants portaient autour du cou des chapelets de saucisses.

La presse fit son apparition. Au moment où les équipes de télévision entraient en action, une pluie de boudins de toutes sortes vint s'abattre sur la vitrine, y laissant de longues traînées de graisse, pour le plus grand plaisir des badauds.

Shenguelia reconnut Turpin sur le trottoir d'en face, au milieu d'un petit groupe de gens élégamment habillés. Même le corps diplomatique s'était déplacé.

Il traversa la rue pour saluer le fonctionnaire français quand une clameur s'éleva.

– Qu'est-ce qu'ils crient ? demanda Turpin.

Nougo eut un air embarrassé. Il n'avait manifestement pas très envie de traduire.

– Ils disent : « Mort aux pédés ! Mort aux mangeurs de légumes ! Vivent les saucisses ! Vivent les traditions géorgiennes ! »

Turpin gloussait en se dandinant sur le trottoir.

– C'est un programme politique, ça ?

Nougo haussa les épaules, la mine consternée.

– Il n'y a qu'en Géorgie qu'on peut avoir l'idée d'attaquer des restaurants végétariens à coups de saucisses. Ce sont les Jeunes Patriotes… Vous savez.

– Ils n'ont pas l'air si jeunes que ça, s'amusa Turpin. Et à voir la corpulence de la plupart d'entre eux, une salade de quinoa de temps en temps ne leur ferait pas de mal.

– En tout cas, reprit le jeune inspecteur, cette manifestation va faire la une des médias au moins jusqu'à demain. La conférence de presse de mon chef, à midi, passera totalement inaperçue.

Le policier s'éloignait pour s'affairer au maintien de l'ordre quand Turpin le retint par la manche :

– Inspecteur, depuis notre voyage à Tskaltoubo, il y a quelque chose qui me chiffonne.

– Un aspect précis ?

– Non, justement. Je ne parviens pas à mettre le doigt dessus. Mais je me disais… Pourriez-vous me montrer à nouveau les photos de Rouvre ? Peut-être que ça déclenchera quelque chose, dans mon cerveau usé de quinquagénaire…

– Passez demain matin au commissariat, lui répondit Nougo en souriant. Vers 11 heures. Nous regarderons cela ensemble.

*

Le soir venu, Turpin retrouva le vieux Kartadze dans une gargote de la rue Lermontov choisie par ses soins.

– Vous avez vu cette triste histoire d'attaque à la saucisse, commença l'ancien professeur alors qu'ils s'attablaient. Quel gâchis ! Quelle bande de barbares. Cela étant, il faut bien le dire, les pauvres Lotophages agressés ce matin sont des égarés. Homère, en son temps, le disait déjà… Quoi qu'il en soit, j'ai décidé que nous allions faire honneur aux saucisses de mon pays. Avez-vous déjà goûté aux *koupatis* ?

– Je ne crois pas, non.

– C'est une sorte d'andouillette épicée. Celles que nous allons manger ce soir, avec une salade, viennent d'Adjarie, dans l'ouest du pays. Elles sont un peu fumées. Vous allez voir. Un délice. De quoi vous réconcilier à tout jamais avec la vie politique en Géorgie.

– Et le vin ?

– Un *khvantchkara.* Le vin favori de Staline. C'est un vin rouge demi-doux, produit dans la région du Ratcha. Son côté sucré ira très bien avec les andouillettes d'Adjarie.

La petite salle embaumait la coriandre et la cannelle. Turpin se réjouit à l'idée du nouveau festin qui l'attendait.

– Dites-moi, professeur… En parlant de Staline. Puisque nos conversations nous ramènent toujours à lui. J'ai découvert que sa mère est enterrée au Panthéon. Vous ne trouvez pas ça un peu bizarre ?

Kartadze arbora le sourire carnassier qui lui fendait le visage lorsqu'il s'apprêtait à conter une histoire de son cru.

– Cette bonne vieille Kéké. C'était son petit nom. Pauvre femme… Oui, vous avez raison, elle est toujours là-haut, parmi les princes et les écrivains. C'est une incongruité. Avant la révolution bolchevique, on inhumait à Mtatsminda les aristocrates. Mais en 1930, les communistes ont fait déterrer tous les dignitaires du régime impérial. Après l'indépendance, en 1991, rebelote : le nouveau pouvoir a fait exhumer les bolcheviques pour les enterrer ailleurs. Ça fait beaucoup de transferts de tombes en moins d'un siècle… Curieusement, on a laissé Kéké là où elle était. J'ignore pourquoi. Peut-être parce qu'elle fut la mère de l'enfant le plus célèbre du pays, qu'on le veuille ou non. Et quoi qu'on pense de Staline.

– Mais justement, quel est le rapport des Géorgiens à Staline ? Comment le voient-ils ?

Les *koupatis* arrivèrent sur la table, grésillant dans des plats en fonte chaude. La face de Kartadze prit l'air extatique que Turpin lui connaissait bien. Ils mangèrent quelques instants en silence. Il fallait avoir un cœur de montagnard bien accroché pour engloutir de telles quantités de saucisses épicées. Au goût, le *koupati* rappelait à la fois le boudin noir et l'andouille de Vire. Turpin se dit avec effroi que son taux de cholestérol allait encore faire un bond. Le professeur remplit leurs verres de vin doux avant de reprendre :

– Les Géorgiens et Staline… C'est un sujet complexe. Ambigu. Vous obtiendrez autant d'opinions qu'il y a de Géorgiens, j'en ai bien peur. Parce que les faits historiques sont contradictoires. En août 1924, au moment où Staline s'emparait du pouvoir, il y eut un soulèvement antisoviétique en Géorgie, qui fut très lourdement réprimé. Puis vinrent les grandes purges de 1937-1938. On aurait pu croire que les Géorgiens seraient relativement épargnés par leur compatriote. Mais c'est l'inverse qui se produisit. Notre petite république socialiste fut l'une des plus éprouvées. Staline connaissait tout le monde. Il rajoutait des noms sur les listes de condamnés. « Vous avez mis Vano, c'est bien ; mais vous avez oublié Nika, son frère, qui habite dans la même rue. »

Vous voyez le genre… Les Géorgiens en ont bavé, sous Staline. Vous connaissez le quartier de Vaké, bien sûr. On l'a construit sur des charniers. Il y a des milliers d'ossements, mêlés aux fondations des immeubles… Et puis, en 1956, quand Khrouchtchev mit en œuvre la déstalinisation, après le XXe congrès, la seule république où des contestations eurent lieu fut la nôtre. Allez comprendre… Je crois que les Géorgiens éprouvent des sentiments mêlés. L'effroi et le dégoût le disputent à une forme de fierté, d'admiration. Beaucoup restent fascinés par le côté incroyable de cette histoire, celle du fils d'un pauvre cordonnier de Gori qui devint tsar de toutes les Russies.

– Et les Russes ? Comment voient-ils la Géorgie ?

Les deux hommes venaient de finir leur festin et Turpin se sentait sur le point d'exploser. Il se demanda comment il allait remonter la rue jusque chez lui. Ils ne seraient pas trop de deux pour s'épauler dans la cage d'escalier. Kartadze commanda de la liqueur de framboise, un tord-boyaux à 60 degrés venu des monts d'Arménie.

– Les Russes et la Géorgie… Vous savez, quand les Russes ont entamé la conquête des nations du Caucase aux dépens des Persans, au début du XIXe siècle, ils ont, en quelque sorte, découvert le Sud… Oui. C'était ça. Le Midi. Des pays ensoleillés, où poussaient la vigne et les arbres fruitiers. Des contrées aux coutumes ancestrales, où l'on cachait les jeunes filles, la nuit, de peur qu'elles ne soient enlevées par des guerriers à cheval. Des forteresses crénelées. Des terres habitées par les brigands. On retrouve des traces de ces récits folkloriques dans toute la littérature russe, au siècle de Pouchkine et de Tolstoï. Les artistes de Saint-Pétersbourg venaient ici pour s'initier à la lumière du Sud, comme vos peintres célèbres, qui allaient en Provence, en Algérie, ou en Toscane… Dans l'imaginaire collectif des Russes, la Géorgie, c'est un peu tout cela à la fois. À l'époque soviétique, ce fut une destination de vacances. La mer Noire. Les plages d'Abkhazie, de Batoumi. Les sources d'eau chaude…

– Et Tskaltoubo, bien sûr.

– Oui. Tskaltoubo. Bordjomi. Les dignitaires communistes se firent construire des datchas là où, avant eux, les tsars avaient édifié des palais. À l'ombre des orangers. Je suis quasiment sûr que les Russes ne nous rendront jamais l'Abkhazie.

*

Turpin était assis dans une petite salle du commissariat de la rue Taboukachvili et Nougo Shenguelia, installé à côté de lui, faisait défiler des photos sur son ordinateur portable. Le jeune inspecteur avait l'air triste et abattu. Était-ce la confrontation avec les images de Tskaltoubo qui l'accablait à nouveau ? Le diplomate finit par lui demander s'il se sentait bien.

– Je suis préoccupé, dit le policier. Je trouve que cette enquête n'avance pas. Nous sommes face à une pelote très emmêlée, et je ne sais plus sur quel bout de ficelle tirer. Rouvre. Tskaltoubo. Rapava. Il existe forcément un lien entre ces éléments. Mais nous ne le voyons pas.

Il soupira puis reprit :

– À l'école de police, en France, les instructeurs nous disaient qu'il faut parfois laisser un dossier tranquille quelques jours. Ils appelaient ça « la décantation ». C'est un terme qu'un Géorgien comprend bien, eu égard à nos traditions vinicoles… J'aimerais pouvoir faire cela. Laisser du temps au temps. Mais le président nous met la pression. Et je le comprends, bien sûr. Le lien découvert vendredi soir avec la mort de Rapava suscite de l'inquiétude. Ça n'est plus seulement une affaire d'étranger assassiné. On commence à parler en haut lieu de meurtres en série. On se demande s'il y en aura d'autres. Et personne n'y comprend rien.

Turpin l'écoutait en laissant passer distraitement sous ses yeux des dizaines de clichés déprimants. Il s'aperçut qu'il commençait à s'attacher au jeune policier. Il aimait son côté sérieux et opiniâtre. Sa mélancolie, aussi.

Ignorant même ce qu'il cherchait, il sentit l'abattement de Shenguelia le gagner. Qu'avait bien pu fabriquer Rouvre en ces lieux saccagés ? Au bout d'une heure, sa vue se brouilla... Il se frotta les yeux un moment. Il s'apprêtait à renoncer quand il reconnut soudain des images capturées dans la datcha de Staline. Il examina d'abord des photos prises au rez-de-chaussée. Les grands salons vides. Les hautes fenêtres béant sur la pinède. Puis vinrent des clichés pris au premier étage, qu'il se remémora avoir parcouru prudemment, avec la crainte de passer à travers les planchers défoncés.

Son regard s'arrêta sur une salle de bains où il était entré. Il demanda à Shenguelia de mettre sur pause la visionneuse et convoqua ses souvenirs : les mêmes vestiges de carrelage fendillé couverts de graffitis ; les mêmes brèches dans le sol, là où avaient dû se trouver les lavabos ; la même perspective sur le feuillage de la cour intérieure. Mais il nota une différence de taille : sur la photo qu'avait prise Rouvre une baignoire en émail bleuté, en forme de cuvette oblongue, trônait en biais au milieu de la pièce, paraissant dériver dans une mer de débris. Le tsar rouge s'y délassait-il, le soir, en parcourant la *Pravda* qu'on lui apportait de Moscou ? Quoi qu'il en soit, quand Turpin avait pénétré dans la salle d'eau, il ne restait aucun meuble. Ni lavabo ni baignoire.

Il fit signe à Shenguelia de continuer jusqu'à ce que son attention s'arrête à nouveau sur une série de clichés. Il reconnut cette fois la cabine du projectionniste perchée à l'arrière de la salle de cinéma. Il l'avait vue complètement vide. Mais les photos de Rouvre, prises sous plusieurs angles, montraient deux énormes et antiques appareils de projection. L'un comportait plusieurs caissons noirs en forme de cylindres, et Turpin observa qu'il était de fabrication allemande. *Frieseke & Höpfner – Potsdam*, pouvait-on lire sur le caisson principal. L'autre machine, plus tarabiscotée et coulée dans un métal jaunâtre, portait une inscription en cyrillique, Ломо Кинап, que Shenguelia l'aida à déchiffrer.

– Lomo Kinap. C'était une marque soviétique. Je crois qu'ils avaient des usines en Ukraine. Ils fabriquaient toutes sortes d'équipements électriques destinés à l'industrie cinématographique. Des amplificateurs. Des haut-parleurs. Des magnétophones. Du matériel de projection, bien sûr.

Turpin demeurait silencieux, captivé par les images à l'arrêt sur l'écran d'ordinateur.

– Qu'est-ce qui vous intrigue ? risqua Shenguelia.

– Ces matériels n'étaient plus là quand j'ai jeté un œil, vendredi après-midi. Pas plus que la baignoire. Vous n'êtes pas entré dans ces bâtiments. Vous étiez dans la cour, rappelez-vous. Mais moi, j'ai rapidement parcouru les lieux, par curiosité. La datcha puis la salle de cinéma. Je puis vous assurer que ces objets ont disparu. Récemment, sans doute, puisque Rouvre les a photographiés.

L'inspecteur avait un air perplexe.

– Vous en êtes sûr ?

– J'en suis absolument certain.

– Mais qu'est-ce que ça peut bien signifier ? Tous ces bâtiments sont régulièrement pillés depuis des années. J'en sais quelque chose ! J'y ai participé, comme je vous l'ai raconté.

Turpin s'efforçait de réfléchir.

– Alors pourquoi Rouvre s'est-il employé à photographier ces vieilleries ? Je viens de visionner toutes les images qu'il a prises. Il y a des vues générales, bien sûr. Mais on y voit aussi beaucoup d'objets. Il s'est intéressé aux détails. Aux matériels. Il a même pris la peine de photographier les étiquettes où on lit les marques des fabricants. Comme s'il les répertoriait. Et pourquoi ces objets, qui sont restés à leur place durant des décennies, ont-ils subitement disparu après avoir été photographiés par Sébastien Rouvre ? C'est tout de même étrange…

*

L'ambassadeur était installé face à Turpin, légèrement de guingois car sa sciatique le faisait encore souffrir. Il lui arrivait souvent de traverser le couloir de la chancellerie pour venir ainsi s'asseoir dans le bureau de son adjoint. *Pour discuter de choses et d'autres*, disait-il. *Pour palabrer*. Comme s'il avait eu besoin d'un alibi pour quitter le sien. La vérité était que Mousquet ne tenait pas en place. Il naviguait volontiers d'un étage à l'autre en claudiquant, faisant un brin de causette avec le consul au sous-sol, disparaissant dans les combles pour conférer à voix basse avec Le Cloarec. Quand il ne s'absentait pas tout bonnement de l'ambassade en invoquant des rendez-vous mystérieux. Sa secrétaire passait son temps à lui courir après.

– Alors, René, dit-il sur un ton réjoui. Le nonce avait raison. On sait maintenant ce que mijotaient les Jeunes Patriotes. Une attaque à la saucisse ! Avouez que ce n'est pas banal. Vous avez de quoi écrire un beau télégramme.

Turpin se montra dubitatif.

– Vous pensez vraiment que ça vaut un télégramme ?

– Pardi ! Bien sûr. Nos lecteurs à l'Administration centrale vont adorer. Ils n'ont rien de bien joyeux à se mettre sous la dent ces jours-ci, entre le crash du vol Rio-Paris, l'épidémie de grippe porcine, et les émeutes qui ont éclaté samedi en Iran... Vous allez faire un tabac. Mais racontez-moi plutôt où en est l'affaire Rouvre. La police géorgienne a-t-elle progressé ?

Turpin lui décrivit comme il le put l'écheveau d'hypothèses, d'interrogations et d'incompréhensions qui caractérisaient le dossier. Comme il s'y attendait, la connexion avec le meurtre de Rapava fit dresser l'oreille de son ambassadeur.

– Qu'est-ce qui a bien pu amener le jeune Rouvre à fréquenter un vieux hibou du KGB ? s'interrogea Mousquet à haute voix. Il n'avait pas mieux à faire ?

– Rouvre rédigeait une thèse d'histoire. Sur la guerre froide, apparemment.

– Vous savez sur quel sujet, précisément ?

– Non. La jeune Française qui vivait avec lui n'en sait pas plus. Et on n'a pas retrouvé l'ordinateur de Rouvre.

Le visage de Son Excellence prit une expression gourmande.

– On peut imaginer qu'il travaillait sur le rôle des Géorgiens dans les organes soviétiques. Un beau sujet, assurément. Personne n'a encore véritablement creusé cet aspect. À part un historien britannique, qui n'a fait que l'effleurer, à ma connaissance.

– Quel aspect ? s'enquit Turpin, intrigué.

– Réfléchissez deux secondes, René. Les trente années les plus sanglantes de l'URSS correspondent en gros à la période où les Caucasiens ont gouverné l'empire. Staline, bien sûr. Mais aussi Beria, Ordjonikidze. L'Arménien Mikoïan. Et bien d'autres. Depuis que je suis en poste ici, j'en suis venu à me demander dans quelle mesure tous ces Caucasiens n'avaient pas tout simplement transposé à Moscou leurs mœurs de montagnards paranoïaques et violents. La vendetta. La passion des complots. Le goût pour l'élimination des ennemis politiques…

– Mais le règne des Caucasiens a pris fin à la mort de Staline, non ? La plus grande partie de la guerre froide s'est déroulée alors que l'URSS était dirigée par des Ukrainiens ou des Russes, si je ne m'abuse.

– Certes, admit l'ambassadeur, qui s'apprêtait à argumenter lorsque le téléphone de Turpin sonna.

C'était l'inspecteur Shenguelia.

– Monsieur Turpin. J'ai du nouveau, et ça va vous plaire. Je crois que nous allons devoir repartir pour Tskaltoubo.

– Que se passe-t-il ?

– J'avais demandé la mise sous surveillance de Shalva Oubilava, le vieil homme que nous avons interrogé sur place vendredi dernier. La police de Koutaïssi vient de m'appeler. Ils ont trouvé quelque chose.

5

Ils étaient de retour à Tskaltoubo, dans une partie de la ville que Turpin n'avait pas vue lors du premier voyage. Une sorte de faubourg, où des gens aux habits sombres se pressaient autour des étals d'un petit marché qu'on avait dû construire sous Brejnev, à en juger par les structures en béton effrité qui couvraient l'ensemble. En arrière-plan, une grande fresque aux mosaïques passées représentait des kolkhoziens hilares aux champs.

Songeur et un peu étourdi par les quatre heures de route, le diplomate déambulait à l'intérieur d'un garage ouvert sur le marché, qu'on avait transformé en entrepôt. Le vieux Shalva Oubilava se tenait dans un coin, la tête basse et les yeux rivés au sol, sous la garde d'un policier de Koutaïssi.

– Vous aviez vu juste, on dirait, déclara l'inspecteur Shenguelia avec une nuance d'admiration dans la voix.

Dans les caisses groupées au centre de l'entrepôt s'amoncelaient toutes sortes d'objets et de matériels. Des téléphones en bakélite de plusieurs couleurs. Un appareil de radiologie. Des balances. Des poignées de portes. Des cendriers gravés d'insignes. Turpin avisa un rouleau d'affiches qu'il déplia. C'étaient des planches graphiques en forme de bandes dessinées, peuplées de petits personnages très sérieux campés dans diverses poses explicatives. Nougo y jeta un œil avant de sourire :

– Ce sont des affiches de consignes en cas d'attaque impérialiste. La première prévoit une agression chimique et prescrit tous les gestes à faire. La seconde… montrez-moi… C'est pour une attaque nucléaire. Le Parti les faisait aussi placarder dans les écoles. Je m'en souviens bien. Ça nous faisait rigoler. Parce qu'aucun des équipements de protection requis n'était jamais livré. Mais c'était conçu pour maintenir la population sous tension…

Turpin lui montra deux caisses scellées, dont Shenguelia demanda l'ouverture. Un policier s'escrima un moment avec un pied-de-biche et finit par soulever péniblement le premier couvercle.

Dans la caisse, au beau milieu d'un nuage de flocons en polystyrène, ils reconnurent immédiatement l'appareil de projection allemand photographié par Rouvre. *Frieseke & Höpfner – Potsdam*, pouvait-on lire sur une boîte noire et rutilante.

Nougo se tourna vers Oubilava, et Turpin, saisissant les mots Lomo Kinap, comprit qu'il lui demandait où se trouvait l'autre appareil.

Le vieil homme haussa les épaules en marmonnant.

– *Amerika-shi.*

– En Amérique ? s'exclama Turpin, interloqué.

Le deuxième couvercle venait de sauter. Ils se penchèrent sur le contenu et identifièrent sans peine la baignoire de Staline. La cuve bleutée avait dû être époussetée soigneusement, peut-être même revernie car elle brillait d'un éclat suspect. Les deux hommes restèrent un instant immobiles, perplexes, comme en arrêt devant une relique maléfique sortie tout droit d'un Moyen-Âge barbare. Quelle pouvait bien être la destination d'un tel objet ?

Alors qu'on poussait péniblement la caisse vers l'entrée du garage, sous la lumière, un bout de papier s'en détacha et s'échoua aux pieds de Turpin, qui s'accroupit pour le ramasser. C'était un bordereau d'expédition siglé du logo d'une compagnie internationale de fret aérien, rédigé en anglais. Turpin passa rapidement sur les spécifications du colisage.

Shipment details - Full description of contents:
One Item.
Enamel Bathtub.
Total Weight:
191.8 lbs.
Dimensions:
72 x 32 x 20 inches.

Handle with care.

Dans la partie gauche du document, il vérifia l'identité de l'expéditeur :

From (Shipper): Mr. S. Rouvre

Puis il découvrit, avec stupeur, l'adresse d'expédition :

To (Receiver) - Delivery address:
C.W.M.
4100 Nebraska Ave. NW
WASHINGTON D.C. 20016
UNITED STATES OF AMERICA

Amerika-shi, avait dit le vieil homme… Qu'est-ce que c'était que cette histoire ? Rouvre, avec le concours d'Oubilava, s'était-il livré à un commerce de vieilleries soviétiques en direction des États-Unis ? Mais au profit de qui ? Qui était C.W.M. ? Il joua un moment à former des combinaisons stériles. Charles W. Michaels. Catherine W. Matthews. Mais cela ne menait à rien.

Sur le bordereau, la case intitulée **Contact person** avait été laissée vide. De même que celle prévue pour indiquer un numéro de téléphone ou une adresse email.

Ils questionnèrent à nouveau Shalva Oubilava, mais celui-ci affirma ne rien savoir. Non, il ne connaissait pas le destinataire des objets expédiés en Amérique. Il prêtait son garage et touchait une somme forfaitaire pour chaque colis, sa collaboration s'arrêtait là. Rouvre ne lui en avait jamais dit plus.

*

Après que Shenguelia eut fait placer le garage sous scellés, ils déjeunèrent tous deux sur la terrasse d'un bistrot du coin pompeusement nommé Medea Café. En attendant son assiette de raviolis aux champignons, Turpin eut une pensée compatissante pour les Argonautes qui, chassant le dragon dans les bois alentour, avaient dû manquer de temps pour s'arrêter là boire une bière.

Le diplomate était d'humeur joyeuse, mais il observa que son compagnon conservait une mine soucieuse.

– Qu'est-ce qui vous tracasse, inspecteur ?

Shenguelia agita les mains dans un geste d'impuissance.

– Je ne sais pas... J'aimerais beaucoup que cette trouvaille représente un tournant pour notre enquête, mais je n'en suis pas si sûr. Après tout, qu'avons-nous découvert ? Rouvre ramassait de vieux objets dans les ruines de Tskaltoubo. La belle affaire ! Il n'était ni le premier ni le dernier à le faire. Et il les expédiait en Amérique, où les collectionneurs de ce genre de choses ne doivent pas manquer. Je ne suis même pas certain que tout cela soit illégal. À part, peut-être, sous l'aspect douanier. Ou bien, à la rigueur, sous l'angle du recel d'objets volés. Mais je doute qu'on ait inscrit la baignoire de Staline au registre des antiquités protégées…

Il s'interrompit quand on apporta les raviolis, puis reprit :

– La découverte de ce petit commerce ne nous dit pas pourquoi Rouvre a été tué. On en a seulement appris davantage sur ses activités. Des activités un peu troubles, certes, qu'on n'attend pas d'un universitaire. Mais enfin, de là à provoquer sa mort…

Turpin, la bouche pleine, le coupa en bafouillant :

– À moins, inspecteur, que Rouvre n'ait perturbé les agissements de quelqu'un d'autre. Ou suscité des jalousies.

– J'y ai pensé, bien sûr, admit Shenguelia. C'est pourquoi j'ai demandé qu'Oubilava fasse l'objet d'un interrogatoire en bonne et due forme. Au commissariat central de Koutaïssi. Mais je reste sceptique. Et puis je n'entrevois à ce stade aucun lien entre ce trafic à Tskaltoubo et l'assassinat de Rapava. Il nous manque encore trop d'éléments pour assembler les pièces du puzzle.

Turpin venait d'allumer une cigarette. Une idée germait lentement dans son esprit.

– On pourrait essayer de découvrir à quoi correspond cette adresse, dans la capitale américaine. C.W.M. Qui cela peut-il bien être ? Vous avez une idée ?

Le téléphone de Shenguelia se mit à sonner, interrompant leur conversation. C'était Nikolichvili, son collègue de la section des enquêtes financières.

– Nougo, où es-tu ?

– À Tskaltoubo. Je viens d'établir que Rouvre pillait les ruines thermales et faisait commerce des objets qu'il y collectait. Mais bon… Ça ne nous mène nulle part, pour l'instant. Les vieilleries qu'il ramassait n'appartenaient plus à personne…

Il y eut un silence au bout du fil. Puis Nikolichvili reprit d'une voix d'outre-tombe.

– Eh bien si, justement. Elles appartiennent à quelqu'un. Tu vas devoir rentrer à Tbilissi au plus vite.

L'inspecteur leva les yeux au ciel en secouant la tête. Turpin le regardait s'énerver sans rien y comprendre.

– Non mais c'est une blague, ou quoi ? C'est la deuxième fois qu'on me fait le coup du retour urgent ! Qu'est-ce que vous avez encore trouvé ?

– On a fouillé dans les affaires de Berichvili, le milliardaire, comme Makaladze nous l'avait demandé. J'espère que tu es assis.

– Bon sang, vas-y, dis-moi !

– Depuis un an, Papouna Berichvili a acquis progressivement la plupart des sanatoriums de Tskaltoubo, dans le cadre d'un programme d'État. Chaque bâtiment pour un lari symbolique. En échange de quoi il est censé investir dix millions de dollars pour les transformer en hôtels. Le gouvernement veut relancer l'activité thermale.

– Et la datcha de Staline ?

– Elle fait partie du lot. L'idée est de la convertir en *Boutique Hotel.* Ce sera le plus luxueux de tous les établissements. Avec spa, massages, et tout ce qui va avec. Imagine. Une nuit chez l'Oncle Joe. Le rêve de tous les touristes en quête de sensations fortes…

Il y eut un nouveau silence. L'enquêteur financier finit par le briser en formulant la pensée qui les habitait tous les deux :

– Si ce que tu viens de me dire des activités de Rouvre est vrai, cela signifie qu'il volait le nouveau propriétaire des lieux. Lequel était aussi son employeur.

*

Le lendemain, lorsqu'ils furent de retour dans la capitale, l'enquête marqua le pas car la police de Tbilissi ne parvint pas à mettre la main sur Papouna Berichvili. Le milliardaire se trouvait hors du pays, et son secrétariat fit savoir qu'il ne regagnerait pas la Géorgie avant le samedi 20 juin.

Turpin, comme Shenguelia, espérait que son audition ferait progresser les investigations. Les larcins de Rouvre à Tskaltoubo, perpétrés aux dépens de l'oligarque, offraient enfin aux enquêteurs un mobile pour le meurtre du jeune Français. Mais Shenguelia, en bon professionnel des enquêtes criminelles, avait mis en garde le diplomate : *Ne vous emballez pas*, avait-il dit en conduisant sur la route du retour. *Berichvili est un personnage retors et puissant, il sera difficile de le coincer.* Puis il avait réitéré sa principale réserve : *Tout cela ne nous dit pas pourquoi Rapava a été tué. Je ne vois toujours pas comment sa mort s'emboîte avec le reste.*

Turpin était sur le point de quitter son bureau. Un nouveau dîner l'attendait au domicile du vieux Kartadze, et il était en retard. Mais il prit encore cinq minutes pour faire ce qu'il s'était vaguement promis à lui-même, la veille, à la terrasse du Medea Café : tenter d'en savoir plus sur le destinataire des objets expédiés par Rouvre depuis Tskaltoubo. Le jeune collègue qui l'avait tant aidé six ans plus tôt, à Paris, était maintenant en poste à Washington[1]. Il fallait en tirer profit. En tenant compte du décalage horaire, le message serait reçu là-bas en fin de matinée. Il se connecta à la

1. Voir, du même auteur, *Les Saisons inversées* (Seuil, « Cadre noir », 2018).

messagerie du ministère des Affaires étrangères et rédigea rapidement :

De : <rene.turpin@diplomatie.fr>
À : <jean-baptiste. bruxel@diplomatie.fr>
Le : jeudi 18 juin 2009 19:17
Objet : Question

Cher Jean-Baptiste,

Vous n'allez pas me croire, mais me voici de nouveau embarqué dans une enquête policière ! Et j'ai encore besoin d'un coup de main. Si ce n'est pas trop loin de chez vous, auriez-vous la gentillesse d'aller vérifier pour moi qui se cache derrière l'adresse suivante : C.W.M. 4100 Nebraska Ave. NW ? Quand vous en aurez le temps… Je vous imagine bien occupé. Amitiés, René.

P.S. Mon numéro de portable : +995 591 776 643.

*

Il entra chez les Kartadze vers 20 heures et perçut immédiatement que l'atmosphère n'était pas au beau fixe. Le couple s'était-il encore disputé ? Nina Sergueïevna errait en robe de chambre dans l'appartement, l'air égaré, tandis qu'Irakli était assis tout seul dans un coin sombre du salon.

Le vieil homme se leva et servit un *satsivi* qu'il avait préparé à l'avance. C'était un classique de la cuisine géorgienne : une volaille nappée de sauce aux noix, servie froide. Cette fois, Nina s'assit avec eux pour prendre part au repas. Turpin avait apporté un blanc d'Imérétie que Kartadze ne bouda pas.

La vieille dame picorait dans son assiette, mangeant avec réticence. Son époux semblait à court de bonnes histoires. Il finit pourtant par rompre le silence :

– Nina est inquiète depuis lundi. C'est l'annonce faite par la police qui la perturbe.

– Quelle annonce ? demanda Turpin entre deux bouchées de poulet.

– Sur l'assassinat de Levan Rapava. Ça l'a secouée.

– Pourquoi donc ?

La question fut suivie d'un silence gêné. Nina Sergueïevna avait reposé sa fourchette et tripotait un bout de pain, les yeux baissés.

– Vous le connaissiez ? risqua Turpin d'un ton mal assuré.

Elle leva enfin les yeux, et il lut une lueur d'effroi dans son regard fixe.

– Oui, répondit-elle. Pas très bien. Mais je l'ai croisé bien des fois. À la fin des années 1960. Lorsque je travaillais pour le Parti. Je me demandais… Dans vos fonctions, à l'ambassade. Vous fréquentez des gens importants du gouvernement. Avez-vous entendu quelque chose ? Sait-on pourquoi il a été tué ? Par qui ?

Elle n'avait jamais prononcé autant de mots d'une traite en présence de Turpin. Elle parlait le français avec un accent différent de celui de son mari, en roulant les *r*. Avec des intonations russes, plus chantantes.

Kartadze intervint à nouveau en maniant l'ironie, peut-être dans l'espoir d'apaiser la tension :

– Ma femme s'imagine que si l'on s'en est pris à Rapava, alors tous les vieux dinosaures communistes, comme elle et moi, sont également en danger.

Il éclata d'un rire qui sonna faux. Turpin ressentit de l'embarras. Mais qu'aurait-il pu leur dire ? Il n'avait jamais évoqué l'affaire Rouvre en leur présence. Et tout ce que savait pour l'instant la police, c'était que Rouvre et Rapava se connaissaient, et qu'ils avaient été tués de la même façon. Il esquiva, en cherchant simultanément à la rassurer.

– Mais enfin, c'était le chef du KGB géorgien, n'est-ce pas ? dit-il doucement. Vous n'étiez que membre du Parti, comme tant d'autres… Affectée à des tâches d'enseignement et de traduction. Pourquoi avoir peur ?

– C'est exactement ce que j'ai dit à Nina, reprit Kartadze d'une voix sourde. Il n'y a rien de commun entre un chef des organes et un professeur de langues étrangères. Rapava était chargé de la répression. On peut se figurer qu'il s'est fait beaucoup d'ennemis. Surtout qu'à l'époque…

– Quoi, à l'époque ? siffla soudain la vieille dame entre ses dents. Que veux-tu dire ?

Le visage de Kartadze prit une expression suppliante.

– Écoute, *Ninochka*, s'il te plaît. Nous en avons déjà parlé tous les deux. Rapava n'était pas un enfant de chœur. Tu l'as admis toi-même.

Il se tourna vers Turpin et poursuivit :

– Rapava était un homme d'Andropov. Et l'accession d'Andropov à la tête du KGB soviétique… Eh bien… Cela réveille de mauvais souvenirs. Son arrivée aux affaires a marqué la fin du dégel des années Khrouchtchev. Avec Brejnev, ils ont relancé la chasse aux dissidents. Le régime se durcissait à nouveau. C'est Andropov qui a eu l'idée géniale – Kartadze dessina des guillemets dans l'air avec les doigts de ses deux mains – de procéder à l'internement psychiatrique des opposants. Quelle époque…

Il s'interrompit. Nina Sergueïevna venait de se lever. Elle tourna les talons et s'éloigna, flottant comme un fantôme dans son peignoir matelassé. Sur la table, au fond du plat, les restes de sauce aux noix commençaient à figer.

– Tout le monde avait peur, conclut sombrement l'ancien professeur. Il ne fallait pas grand-chose pour se voir découvrir une « schizophrénie latente » – c'était le diagnostic officiellement prononcé – et finir enfermé dans un asile au milieu de nulle part. Rapava a orchestré de telles campagnes d'arrestations en Géorgie, puis plus tard à Moscou. Les gens disparaissaient pour longtemps, parfois pour toujours. C'est ce que j'ai rappelé à Nina. Mais elle n'aime pas trop entendre ça. Rapava était forcément détesté par les nombreuses personnes qu'il avait persécutées. Et par leurs descendants. N'oublions pas que nous sommes dans le Caucase. Où les affronts ne sont jamais oubliés…

*

Quand Jean-Baptiste s'éveilla vers 11 heures, le samedi matin, il avait presque oublié le mystérieux courriel de Turpin reçu l'avant-veille. Il se frotta vigoureusement les tempes puis contempla d'un œil rassasié les deux grands corps noirs endormis dans son lit. Des bribes de la soirée lui revinrent, comme hachées par une lumière stroboscopique. La discothèque de la 8e Rue pleine à craquer. Les flots de vodka bon marché. L'excitation du vendredi soir. Des basketteurs de Brown University fêtant bruyamment une victoire sur la piste de danse à l'étage. Leurs musculatures de Nubiens trempées de sueur qui ondulaient dans la foule. Le retour à trois vers son appartement de Columbia Heights…

Il lui fallut plus d'une heure pour tirer les deux garçons du sommeil et les renvoyer vers leur dortoir d'étudiants, après un café partagé dans sa petite cuisine. Il prit une douche avant d'enfiler un short et un débardeur. Puis il sortit et enfourcha son VTT. L'adresse donnée par Turpin se trouvait de l'autre côté du District, et il avait calculé qu'il lui faudrait environ vingt-cinq minutes à vélo pour s'y rendre. Il traversa la 16e Rue et pénétra dans Rock Creek Park au niveau du zoo.

Sacré René, songea-t-il en pédalant sur la piste cyclable qui longeait le cours d'eau. Il relut en pensée le message reçu, au texte si économe. Fidèle à ses habitudes, son vieux collègue n'avait rien dévoilé de l'affaire qui l'occupait. Six années plus tôt, Jean-Baptiste s'était langui plusieurs semaines avant que Turpin ne consente à se confier à lui. Il se remémora non sans plaisir leur collaboration, qui avait abouti à la chute d'un haut personnage du Quai d'Orsay. Mais de quelle sombre histoire, impliquant à la fois l'Amérique et la Géorgie, s'agissait-il maintenant ?

Autour de lui, la nature du Nouveau Monde déployait toute sa générosité chlorophyllienne. Un an après son arrivée dans la capitale américaine, l'immensité des arbres et la profondeur des forêts continuaient de l'étonner. Washington lui plaisait davantage qu'il ne l'avait pressenti en quittant Damas, son premier poste. Il aimait la rigueur studieuse des administrations autant que la décontraction des bars gays.

Il ressortit du parc dans Military Road, où il manqua de peu de renverser une poussette, puis obliqua vers la gauche dans Nebraska Avenue. Il pédala encore une dizaine de minutes, traversa Wisconsin Avenue, et finit par trouver sur sa droite le numéro 4100.

Voisinant avec une école presbytérienne, une maison en briques jaunes faisait face au petit bois de Glover Park. Percée de fenêtres à carreaux blancs, elle comptait deux niveaux, auxquels on avait ajouté une espèce de pignon à la hauteur des combles. L'entrée s'ornait d'un porche à colonnes, typique de l'architecture du Sud. Jean-Baptiste remarqua les grilles noires entourant la propriété – une précaution rare en Amérique, où les gazons manucurés s'enchaînaient d'ordinaire dans une continuité de pâturage infini. Puis il observa des échafaudages sur le côté droit de la demeure, et en conclut qu'elle était en travaux. Mais aucun nom ne figurait sur la boîte postale, à part les trois lettres énigmatiques transmises par Turpin : C.W.M.

Il allait rebrousser chemin quand il aperçut un homme en salopette bleue sortir du bâtiment. Il posa sa bicyclette contre la grille et le héla en agitant les bras.

*

Cette fois, Makaladze avait décidé de ne pas prendre de gants. Papouna Berichvili fut convoqué au commissariat central pour être entendu le dimanche 21 juin à 15 heures. L'équipe réunie, composée du commissaire, de Shenguelia et Bregvadze, et de deux agents de la brigade financière, s'attendait à ce qu'il vînt flanqué d'un ou deux avocats. Mais l'oligarque se présenta seul, au volant de sa Jaguar, avec une lueur de défi dans le regard. Sans doute avait-il à cœur de montrer qu'il n'avait rien à craindre.

– Où vous trouviez-vous ces derniers jours ? commença Makaladze alors qu'ils venaient de prendre place dans la petite salle de réunion au sous-sol.

– En Espagne puis à Malte, répondit Berichvili. Pour affaires. J'ai atterri à Tbilissi ce matin à l'aube. Je peux vous faire transmettre mon plan de vol, si vous l'estimez nécessaire.

Nougo visualisa le jet privé posé en bout de piste, avec un grand *B* argenté peint sur la queue, qu'il avait déjà entraperçu à l'aéroport. Le milliardaire reprit la parole :

– Commissaire, veuillez clarifier une chose. Suis-je entendu en qualité de témoin, ou en tant que suspect ?

Makaladze le toisa un moment en silence. La politesse obséquieuse dont il avait fait preuve la semaine précédente n'était manifestement plus de mise.

– C'est précisément ce que nous allons nous efforcer d'établir au cours de cet entretien… Monsieur Berichvili, le 9 juin dernier, quand nous vous avons interrogé à votre domicile de la rue Kous Tba, vous êtes demeuré très vague quant aux activités de Sébastien Rouvre à l'intérieur du pays. Vous nous avez déclaré – je cite les notes prises par mon adjoint : « *Tout ce dont je me souviens, c'est qu'il aimait voyager à travers la Géorgie.* » Vous maintenez cette déclaration ? Vous affirmez toujours n'avoir aucune idée des lieux où il se rendait, ni de ce qu'il faisait lors de ces voyages ?

Berichvili fut parcouru d'un léger tressaillement, presque imperceptible. Puis il se reprit :

– Si j'ai bonne mémoire, vous ne m'avez pas demandé où il allait. Vous m'avez interrogé ce jour-là sur ses fréquentations, les gens qu'il rencontrait en dehors du domaine. Et je vous ai répondu que je n'en savais rien, ce qui est la vérité.

Nougo relut rapidement ses notes du 9 juin. Le milliardaire disait vrai. Mais le commissaire ne se laissa pas démonter.

– Monsieur Berichvili, nous avons découvert depuis notre premier entretien que Sébastien Rouvre s'était rendu à Tskaltoubo au moins huit fois depuis janvier. Tskaltoubo, près de Koutaïssi… Ça vous dit quelque chose ? Saviez-vous que votre précepteur y allait régulièrement ?

Berichvili haussa les épaules en s'efforçant de prendre un air dégagé. Mais il s'était légèrement tassé sur sa chaise, et parut soudain sur la défensive.

– C'est possible qu'il m'en ait parlé. Je ne m'en souviens plus très bien…

Le commissaire enfonça le clou.

– Nous avons aussi découvert, tout dernièrement, que vous aviez acquis un grand nombre de bâtiments dans le parc thermal de Tskaltoubo. Pour rien, ou presque. Combien en tout ? demanda-t-il en se tournant vers Nikolichvili.

– J'ai compté treize sanatoriums, chef. Plus la datcha de Staline. Ça représente à peu près les deux tiers de l'ensemble.

– Voilà ! reprit Makaladze en posant ses mains à plat sur la table. Laissez-moi vous expliquer clairement la situation. Dans son temps libre, Sébastien Rouvre écumait les vieux bâtiments de Tskaltoubo, à la recherche d'objets qu'il revendait manifestement aux États-Unis. Or il apparaît maintenant que la plupart de ces bâtiments vous appartiennent. J'ignore s'il le savait. Mais toujours est-il qu'au matin du 8 juin, on l'a retrouvé mort dans une chambre d'hôtel de Tbilissi. Assassiné, pour être précis. Qu'avez-vous à nous dire, monsieur Berichvili ?

L'oligarque était complètement immobile, mais Shenguelia crut deviner l'ombre d'un sourire sur ses lèvres fines. Comme l'expression cauteleuse d'un sentiment de soulagement.

– Aaah, je vois… répondit-il en croisant les mains sur ses genoux. Et vous insinuez que j'ai fait assassiner le jeune Rouvre. Parce qu'il pillait des biens qui sont devenus ma propriété. C'est bien ça ?

Makaladze se renversa contre le dossier de sa chaise en écartant les mains. Chacun comprit qu'il attendait des éclaircissements. Berichvili reprit :

– Ce n'est pas du tout ce que vous croyez, commissaire. Si je vous ai menti…

– Vous admettez nous avoir menti ? rugit Makaladze.

– Oui, par omission. Je vous ai dissimulé seulement une chose. J'étais parfaitement au courant des allées et venues de Sébastien Rouvre à Tskaltoubo.

– Comment cela ?

– Eh bien… Le petit commerce que vous avez décrit… Nous nous y livrions ensemble, en quelque sorte. Je lui avais laissé carte blanche. Il pillait les sanatoriums avec mon consentement.

Il y eut un silence interloqué autour de la table. Chacun s'employait à mesurer les implications de ce que venait de dire le milliardaire. Makaladze lui fit signe de poursuivre.

– Quand Rouvre est entré à mon service, en septembre dernier, j'étais sur le point de signer un accord avec le gouvernement pour acquérir Tskaltoubo. Je lui en ai parlé. Il était fasciné par l'histoire des lieux. En janvier, il s'y est rendu une première fois. C'est en rentrant qu'il m'a fait miroiter la possibilité d'un commerce, en m'expliquant qu'il existait en Amérique des acheteurs potentiels pour ce genre de vieilleries. Il avait des contacts là-bas. Il m'a parlé d'une fondation avec laquelle il pourrait faire affaire. Sans plus de détails.

– Et vous avez monté avec lui un trafic de reliques staliniennes ?

– Trafic est un bien grand mot. Il prélevait des objets qui m'appartenaient, et les expédiait aux États-Unis avec ma bénédiction. Quant à mon implication… Disons que je l'ai laissé faire. Mais il y avait une condition.

Pour la première fois depuis le début de l'audition, Berichvili prit un air gêné. Il toussota et se mit à s'intéresser de près aux ongles de sa main gauche.

– Quelle condition ? insista Makaladze.

– Je lui avais imposé le partage des gains. Cela me semblait juste.

La consternation se peignit sur les traits du commissaire.

– Vous empochiez la moitié des bénéfices ? C'est bien ça ?

Nougo songeait aux articles de la revue *Forbes* que lui avait montrés Nikolichvili. D'après les dernières estimations publiées, la valeur des avoirs de Berichvili dépassait les quatre milliards de dollars…

– Il n'y a pas de petit profit, commissaire. Et c'était une question de principe.

– Très bien, rétorqua Makaladze d'une voix glaciale. J'imagine que vous pouvez produire des preuves de ce que vous avancez. Des traces de virements bancaires, qui montrent que Rouvre vous reversait votre part des gains.

Berichvili opina du chef.

– Dans l'attente de ces documents, vous êtes prié de ne plus quitter le territoire national. Nous allons garder votre passeport jusqu'à nouvel ordre. Mais veuillez nous dire… Pourquoi nous avoir caché votre association commerciale avec Rouvre ?

Le milliardaire demeurait captivé par sa manucure. Il répondit sans même lever les yeux :

– Disons que… Le 9 juin, quand vous êtes venus chez moi et m'avez appris son assassinat, j'ai eu un peu peur. Je me suis dit qu'en laissant Sébastien Rouvre agir à sa guise dans les ruines de Tskaltoubo, j'avais peut-être péché par négligence, en l'exposant à de mauvaises rencontres. Et je me suis senti un brin responsable, rétrospectivement. Voilà pourquoi je me suis tu.

*

Turpin, affalé dans son canapé, fumait en s'abandonnant au spleen du dimanche soir. Un peu plus tôt, Shenguelia l'avait appelé pour lui apprendre que l'audition du milliardaire avait abouti à une impasse : Rouvre et son employeur étaient de mèche pour piller les sanatoriums. Berichvili était ressorti libre du commissariat. Le jeune inspecteur avait donc eu raison de se montrer prudent. L'enquête était revenue à la case départ.

Il grignotait les restes desséchés d'un *khatchapouri* de la veille quand son téléphone portable sonna. Il décrocha sans reconnaître le numéro. C'était Jean-Baptiste Bruxel, qui l'appelait de Washington.

– Alors, René, dit le jeune homme de sa voix malicieuse. Vous voilà encore à fourrer votre nez dans des coins sombres ! Qu'est-ce que c'est que cette histoire d'enquête ?

Turpin fit un effort et lui peignit, à grands traits, un tableau presque complet du dossier Rouvre. Il s'aperçut qu'il avait plaisir à échanger avec son ancien complice, dont l'énergie juvénile le gagnait peu à peu.

– Bon, René, je suis allé hier à l'adresse que vous m'aviez donnée.

– Qu'avez-vous trouvé ?

– Sur le coup, rien. L'adresse correspond à une maison en cours de réfection. J'ai cru qu'elle était vide. Puis j'ai pu parler au *janitor*. Vous savez. C'est un mot qui veut dire à la fois concierge et gardien. Il m'a tout expliqué. Les lettres C.W.M. ne désignent pas une personne.

– Ah bon ? Quoi, alors ?

– *Cold War Museum*. La demeure accueillera bientôt un petit musée consacré à la guerre froide.

Turpin prit quelques secondes pour réfléchir. Bien sûr. Pourquoi n'y avait-il pas pensé plus tôt ? Dans un tel établissement, la baignoire de Staline serait assurément une pièce de choix…

– Mais ça n'existait pas déjà, un musée de la guerre froide, dans une ville telle que Washington ? demanda-t-il.

– Eh bien, non, figurez-vous. Il y a bien un musée dévolu à l'espionnage, le Spy Museum. Mais rien encore qui soit spécifiquement dédié aux années de guerre froide. À ce que j'ai compris, l'institution servira aussi de centre de recherche pour les étudiants qui travaillent sur cette période. Elle sera dirigée par un professeur de l'American University, laquelle se trouve à deux pas de là. Attendez… J'ai noté le nom du professeur quelque part… Ah, voilà. Un certain Samuel Tremblay. Un Québécois, d'après son nom. Mais ça n'est pas tout, René. J'ai aussi trouvé autre chose, en fouillant sur Internet…

Turpin alluma une nouvelle cigarette en souriant. Jean-Baptiste n'avait pas changé. Six années plus tôt, c'était lui qui l'avait initié aux ressources prodigieuses de la Toile.

– Ça m'a paru bizarre que ce nouveau musée s'installe dans un quartier résidentiel. La plupart des musées de Washington se trouvent au centre-ville, à proximité du Mall. Alors, par acquit de conscience, j'ai rentré l'adresse en question dans un moteur de recherche. Et j'ai compris. Tout s'explique, René, tout s'explique.

Turpin le laissa jouir encore un moment du suspense. Puis il perdit patience dans un éclat de rire.

– Bon, vous allez me le dire ?

– Tenez-vous bien. Le numéro 4100 de Nebraska Avenue correspond à l'adresse qu'occupait Kim Philby lorsqu'il fut en poste à Washington, de 1949 à 1951. C'est la même maison, j'ai vérifié. Elle n'a pas été détruite.

– L'espion britannique ?

– Oui. Enfin, l'agent double. Vous vous souvenez qu'il a fait défection, quelques années plus tard. Il est parti en Russie. Le plus grand scandale d'espionnage de la guerre froide, René, rappelez-vous…

6

Dans la courte nuit du solstice qui suivit l'appel de Jean-Baptiste, un événement se produisit qui allait retarder l'enquête de plusieurs jours. Les dieux ombrageux du Caucase, pourtant oisifs depuis des mois, se mirent en colère et affligèrent Tbilissi d'une tempête majestueuse qui dura jusqu'à l'aube. La capitale fut balayée par des vents si violents que des toitures entières furent arrachées. Le fleuve Mtkvari sortit de son lit, noyant les berges jusqu'au lointain faubourg d'Ortatchala, tandis que les menus torrents qui l'alimentent gonflaient dangereusement. Vers 5 heures du matin, sous l'effet de pluies torrentielles, un barrage naturel céda en amont de la rivière Véré qui serpente d'ordinaire paisiblement entre les quartiers de Vaké et de Sabourtalo. Un déluge de boue déferla près de l'ancien hippodrome, détruisant des dizaines d'habitations, et s'abattit enfin sur le zoo. On retrouva dans la piscine des ours les carcasses de voitures qu'on avait garées la veille à plusieurs lieues de là.

À 9 heures, l'on sut que plusieurs animaux manquaient. La rumeur se répandit que des fauves échappés de leurs cages rôdaient dans la ville. Toutes les équipes du commissariat central furent dépêchées dans les quartiers pour maintenir l'ordre et protéger la population. Il échut à Nougo et Lacha de patrouiller aux abords de l'Université d'État. Vers

10 heures, dans leur secteur, un hippopotame renversa une camionnette de la voirie. La bête, qui avait disparu dans les fourrés après son forfait, fut retrouvée assoupie sur la tombe du grand historien Ivane Djavakhichvili. Un peu plus tard, un égoutier en plein travail fut écharpé par un tigre dans une allée du parc Mziouri. On abattit l'animal dans l'heure qui suivit. Les habitants, pris de psychose, se terrèrent chez eux tandis que les boutiquiers abaissaient leurs rideaux de métal en toute hâte. On n'avait pas connu pareille angoisse à Tbilissi depuis les grandes purges.

Le chaos dura trois journées, mobilisant sans interruption des forces de police exténuées. Jusqu'au mercredi 24 juin, des patrouilles furent régulièrement appelées dans les rues de Vaké, où la population prétendait encore entendre des rugissements de fauve. Au terme d'investigations menées avec un luxe de précautions, il s'avéra qu'un petit groupe d'adolescents malicieux diffusait par haut-parleur, depuis un balcon de la rue Paliachvili, un enregistrement de la célèbre mascotte de la Metro Goldwyn Mayer. Puis la radio annonça qu'un pingouin, charrié par les flots tumultueux du Mtkvari, était parvenu vivant en territoire azerbaïdjanais. Par les canaux diplomatiques officiels, le gouvernement de Bakou déclara son « mécontentement face au rebut de la ménagerie géorgienne », et jeta dans une cellule du zoo de Gandja l'oiseau arrivé sans papiers.

*

Quand l'inspecteur Shenguelia put rentrer chez lui le premier soir, il trouva sa grand-mère à la fenêtre, cachée dans les plis du rideau, occupée à l'attendre. D'instinct, elle avait repris la pose qui avait été la sienne seize années plus tôt, dans la nuit abkhaze, quand on ne savait jamais si le père de

Nougo reviendrait des combats. Mais qui attendait-elle, au juste ? Son petit-fils, de retour de la chasse au tigre ? Ou bien la dépouille tant espérée de son fils ? Depuis qu'il lui avait parlé des efforts de la Croix-Rouge en vue d'un échange de cadavres, il avait l'impression que l'esprit de la vieille dame s'était brouillé. Elle larmoyait, mélangeant les époques et confondant ses proches. Il passa plus d'une heure à l'apaiser en lui parlant tout bas.

Pour leur part, Turpin et son voisin durent remettre au lendemain leur dîner rituel du lundi, patientant jusqu'à ce que l'électricité soit rétablie dans leur quartier. La plupart des restaurants restant fermés, Kartadze prépara hâtivement une poêlée de champignons qu'accompagna une salade de betteraves. Tandis qu'il s'affairait dans la cuisine, Turpin s'étonna de l'absence de Nina Sergueïevna.

– Elle est allée passer la nuit chez son amie Natela, expliqua le vieil homme.

– Natela Grigolichvili ? Notre traductrice-interprète ?

– Oui. Vous savez sans doute qu'elles se connaissent depuis leurs études de langues à Moscou. Natela vit seule à Vaké. Elle est terrifiée par ces histoires de lions, et a supplié ma femme de venir dormir avec elle. J'espère qu'elle sera de retour demain.

Kartadze était d'humeur maussade et sa conversation s'effilocha tandis qu'ils partageaient leur maigre pitance.

– Vous avez entendu la déclaration du patriarcat orthodoxe, tout à l'heure, à la radio ? demanda-t-il.

– Quelle déclaration ?

L'ancien professeur eut une moue de dégoût.

– Les abrutis… Ils parlent de la tempête comme d'un châtiment divin. Le texte rappelle que les dirigeants soviétiques, en leur temps, fondirent des cloches d'église pour fabriquer les grilles du zoo. Nous venons donc d'assister à la juste revanche des cieux. Pas un mot de compassion pour tous ces pauvres gens qui ont perdu leur maison. C'est dans ces moments-là que j'en viens presque à regretter les communistes. Avec le recul, je me dis qu'ils avaient de bonnes raisons de tenir ces maudits popes à longueur de gaffe…

Turpin fut secoué d'un petit rire complice.

– Je vois, Irakli. Au fond, vous êtes comme moi. Vous n'aimez guère les curés.

– Non, pas beaucoup. Même si j'ai une certaine admiration pour la vie monastique. Cette détermination à se retirer du monde, pour méditer et chanter les louanges de Dieu…

Le diplomate s'aperçut que toute nuance de sarcasme avait disparu du regard du vieil homme, qui poursuivait.

– Vous savez, j'ai un ami prénommé Sergo, un ancien professeur communiste comme moi, membre du Parti, qui est devenu moine. Après la chute de l'URSS. Ce type de conversion n'était pas rare, à l'époque… La volonté d'expier. La recherche d'une spiritualité nouvelle, pour des gens soudain privés de leurs idoles. En 1992, le camarade Sergo a pris l'habit. Il est devenu le père Spyridon. Je vais le voir, de temps en temps. Il m'accueille deux ou trois jours dans son petit monastère, qui se trouve tout près de la frontière azerbaïdjanaise, à une heure d'ici en voiture. J'ai découvert que cela me faisait du bien, ces retraites. La solitude, le silence. Il faudra que je vous y emmène un de ces jours.

*

– Hugues, si tu veux bien, rafraîchis-moi un peu la mémoire. Parle-moi de Philby.

– Kim Philby ?

On était jeudi 25 juin. La capitale pansait encore ses plaies et, la veille, le gouvernement géorgien avait sollicité l'aide internationale. À la demande de l'ambassadeur, Turpin avait coiffé sa casquette d'attaché humanitaire et passé des heures au téléphone avec Paris pour décrocher l'envoi d'une assistance. Celle-ci avait failli ne jamais arriver, par suite d'une erreur d'aiguillage de dernière minute. Le chargement destiné à la Géorgie, constitué de tentes pour les sans-abri, s'était retrouvé dans le ventre d'un gros porteur en partance pour le Darfour. Mousquet avait été au bord de la crise cardiaque. Il se voyait déjà victorieux, entrant dans Tbilissi dévasté à la tête d'une colonne de camions tricolores, acclamé par la foule en liesse. Turpin avait dû s'employer à le calmer : les secours internationaux, quand ils arriveraient, seraient distribués par l'antenne locale des Nations unies et par elle seule.

En fin de journée, il s'était réfugié dans le grenier de la DGSE, en espérant que Son Excellence ne viendrait pas l'y trouver. Il n'eut même pas la force d'expliquer le motif de son questionnement à Le Cloarec. Celui-ci, trop heureux qu'on le sollicite, engloutit deux palets bretons et se lança dans un long monologue.

– Harold Adrian Russell Philby, dit « Kim ». C'est un cas d'école, qu'on enseigne dans toutes les académies d'espionnage. Si je me souviens bien, il est né quelque part dans les Indes britanniques, où son père était fonctionnaire. Bonne société anglaise. Études à Cambridge. Tu vois le genre. Les vestes en tweed, le thé à 5 heures et les matchs de cricket le dimanche. Je ne me rappelle plus les détails, mais je crois que les Soviétiques l'ont recruté très tôt, quand il était encore étudiant. Dès 1934, si je ne me trompe, c'est-à-dire bien avant qu'il n'intègre les services secrets de son pays. Il a couvert la guerre d'Espagne comme journaliste et travaillait secrètement pour les Russes. Mais les efforts de ceux-ci n'ont été vraiment récompensés qu'en 1940, quand Philby a rejoint le MI6. Tu parles d'un investissement rentable ! Leur agent venait d'atteindre le cœur du dispositif d'espionnage britannique. Il les a renseignés tout au long de la guerre. Mais bon, comme tu le sais, les Soviétiques se sont alliés aux Anglais à partir de l'été 1941, après l'invasion de la Russie par Hitler. On peut donc estimer qu'à cette époque-là, la déloyauté de Philby n'a pas occasionné trop de dégâts, puisque les deux camps collaboraient activement. C'est après la guerre que les choses se sont corsées…

Le Cloarec s'interrompit. Il se leva pour leur servir du thé et Turpin, observant sa mâchoire contractée, son regard fixe, vit que le vieil espion était totalement consumé par son histoire. À travers les vitres maculées par les pluies des derniers jours, la lumière de cette soirée de juin s'attardait paresseusement. L'espion se rassit et reprit son récit :

– De 1947 à 1949, on le retrouve à Istanbul, où il dirigeait la station du MI6. On sait aujourd'hui qu'il a, dans ces premières années de la guerre froide, infligé des dommages incalculables aux services britanniques. Laisse-moi te donner un exemple. Londres l'avait chargé de recruter en France des émigrés géorgiens anticommunistes, dans l'idée de les infiltrer en territoire soviétique. Ces opérations furent minutieusement préparées, comme tu l'imagines. Les agents recrutés devaient franchir la frontière turco-géorgienne en pleine nuit, dans des zones montagneuses, à l'insu de tous. Eh bien, toutes ces tentatives d'infiltration échouèrent. Les pauvres types se faisaient cueillir dès leur arrivée par le KGB, qui les abattait sans sommation. Des histoires similaires ont eu lieu, à la même époque, en Albanie. Le gouvernement de Sa Gracieuse Majesté n'a compris que des années plus tard la raison de ces échecs. Elle était toute simple : Philby informait les Soviétiques à l'avance de ces opérations. Rends-toi compte. Il trahissait tous ces jeunes gens qu'il avait lui-même recrutés. Des gars âgés de vingt ans, vingt-cinq ans tout au plus.

– Et puis ? risqua Turpin, que ce récit commençait à fasciner. Après Istanbul ?

– Après Istanbul, il a pris du galon, figure-toi. On l'a envoyé à Washington, où il est arrivé en septembre 1949. Officiellement, il était premier secrétaire à l'ambassade britannique. Mais en réalité, Londres l'avait chargé d'assurer la liaison avec la CIA, laquelle avait été créée quelques mois plus tôt. Imagine-toi. Le jackpot pour les maîtres soviétiques de Philby. Celui-ci menait grande vie dans la capitale américaine, avec sa deuxième femme. *Cocktail parties* dans sa villa avec tout le gratin de l'espionnage local, dîners chics…

Une sonnerie stridente se fit soudain entendre. Le Cloarec se leva dans un sursaut et se pencha sur une machine. Il tapa un code. L'appareil se mit à vrombir avant de cracher deux feuillets imprimés. L'espion, qui adorait se livrer à ce genre de simagrées devant Turpin, prit un air de conspirateur inspiré :

– Un message de la centrale… Laisse-moi une seconde… Hmmm… Hmmm… Très intéressant… Voyons si ça peut attendre.

Le diplomate riait intérieurement. Il était quasiment sûr que Le Cloarec jouait la comédie. Le message avait probablement trait au budget de la station. Ou bien à l'entretien d'un véhicule de service. Mais il fit preuve de patience et attendit que son interlocuteur veuille bien reprendre le fil de son histoire. Il ferma les yeux et s'efforça d'imaginer la vie de dandy qu'avait menée Philby, au tournant des années 1950, dans la jolie maison de Nebraska Avenue décrite par Jean-Baptiste.

– Bon, où en étais-je…

– Kim Philby. À Washington. La grande vie.

– Ah, oui. Philby avait accès aux plus hauts échelons de la CIA comme du FBI. De 1949 à 1951, il a pu ainsi transmettre aux Russes des quantités impressionnantes d'informations sensibles. Mais en 1950, si j'ai bonne mémoire, un grain de sable est venu se glisser dans cette belle mécanique. Une équipe américaine d'interception a pu déchiffrer un message soviétique, lequel a conduit à soupçonner un autre agent double britannique, Donald Maclean. Évidemment Kim Philby, que nul encore ne suspectait, l'a appris. Je t'épargne les détails, mais l'on sait aujourd'hui avec certitude que c'est lui qui a averti Maclean et permis sa fuite vers l'Union soviétique, avec un troisième agent double du nom de Guy Burgess. Un alcoolique invétéré, celui-là, homosexuel, que Philby avait d'ailleurs logé un temps chez lui à Washington.

– Ouh là... Ça commence à faire beaucoup d'agents doubles, non ?

– Tu n'as donc jamais entendu parler des Cinq de Cambridge ?

– Euh... non.

– J'y viendrai tout à l'heure. Toujours est-il que Maclean et Burgess ont pu s'échapper grâce à un message de Philby. Si j'insiste pour te raconter cet épisode, c'est que c'est important pour la suite. Donc, vers la fin mai de 1951, ni vu ni connu, ces deux zigotos ont réussi à gagner Southampton et à s'embarquer sur un vapeur pour Saint-Malo. Puis ils ont disparu derrière le « rideau de fer ». Et cette affaire a marqué le début des ennuis pour Philby.

– Ah bon ? Que lui est-il arrivé ?

– Les services britanniques, à juste titre, suspectèrent l'existence d'un « troisième homme », censé avoir aidé les deux autres. Et les soupçons se portèrent naturellement sur Philby, qui fut rappelé à Londres. Sa carrière ne s'en remit jamais. Même si sa hiérarchie ne put rien prouver, il fut contraint de démissionner. Il végéta, enchaînant les petits boulots auprès de journaux de seconde zone... Il semble qu'à cette période, il ait rompu ses contacts avec les Soviétiques.

Il se savait surveillé par le contre-espionnage. Mais l'histoire ne s'arrête pas là.

– Dis donc, c'est un vrai roman !

Turpin étouffa un bâillement. Mais telle une locomotive dévalant à plein régime une pente neigeuse de l'Oural, Le Cloarec était maintenant lancé. Rien n'aurait pu l'arrêter.

– Le plus étonnant dans cette affaire, c'est que les autorités britanniques l'ont officiellement blanchi en 1955. Il n'en a pas réintégré pour autant les services secrets. Mais disons qu'à partir de là, on l'a laissé tranquille. En 1956, il est parti s'installer au Liban, comme correspondant de presse pour le compte de deux hebdomadaires publiés à Londres. La grande vie a repris. Il s'est d'ailleurs remarié dans ces années-là. Tout se passait bien pour Philby. Jusqu'à ce qu'un major du KGB passe à l'Ouest, en décembre 1961. Un certain Golitsyne. C'est lui qui, interrogé par les Américains, ranima les suspicions sur Philby. Les services britanniques, médusés, finirent par acquérir la conviction qu'il était bel et bien un agent double. Une équipe fut dépêchée au Liban pour lui arracher des aveux. Mais Philby parvint à avertir à temps les Soviétiques. Ceux-ci organisèrent sa fuite. Un soir de janvier 1963, il disparut subitement alors que sa femme l'attendait dans un dîner en ville. On sait seulement qu'un cargo russe qui mouillait dans le port de Beyrouth, le *Dolmatova*, largua précipitamment les amarres cette nuit-là et vogua vers Odessa. Philby refit surface à Moscou quelques semaines plus tard. Tu imagines le coup de tonnerre. En mars, il devenait citoyen soviétique.

– Mais dis-moi... Pourquoi cette histoire est-elle plus marquante que d'autres ? On a tout de même compté nombre de défections, non ? Durant ces années de guerre froide... De part et d'autre du « rideau de fer », si je ne m'abuse.

– Pour plusieurs raisons. D'abord, parce que Philby a réussi à berner très longtemps à la fois les Britanniques et les Américains. Sa longévité en tant qu'agent double est étonnante. Et même quand on l'a soupçonné d'être le « troisième homme », en 1951, il est parvenu à passer entre les mailles du filet. En fait, si la défection de Golitsyne n'avait pas eu lieu, on peut penser que Philby n'aurait jamais été découvert. Il aurait sans doute pu continuer à couler des jours heureux au Liban… Mais au-delà de cet aspect, il y a l'humiliation qu'a constituée, pour les services britanniques, l'affaire des Cambridge Five. Parce que les Russes, comme tu l'as vu, ne s'étaient pas contentés de recruter le seul Philby. Ils avaient en effet, dès les années 1930, enrôlé pas moins de cinq étudiants de Cambridge, en pariant que leurs protégés s'élèveraient peu à peu dans la hiérarchie du pouvoir. Et le pari fut le bon. Car les services britanniques, à cette époque-là, recrutaient presque exclusivement par affinité élective, au sein de l'establishment. Il suffisait, en gros, d'appartenir à la bonne société pour être insoupçonnable. Tu connais le snobisme de nos amis anglais… En définitive, ce mode de sélection s'est avéré un désastre. Et sur les cinq agents doubles en question, trois réussirent à passer à l'Est. Tu en connais déjà les noms : Maclean et Burgess, puis Philby. Et le pire, c'est qu'il y en a eu d'autres après eux.

– Et nous ? Les Français ? Pas d'agents doubles ? Pas de défection ?

Le visage de Le Cloarec prit une expression curieuse, à la fois gourmande et gênée.

– Écoute, je n'ai jamais entendu parler de défection d'un agent de renseignement français vers le camp soviétique. On trouve bien, durant la guerre d'Indochine, quelques transfuges au profit du Viêt Minh. De même, un peu plus tard, pendant la guerre d'Algérie. Des histoires de soldats passés du côté du FLN. Mais des défections vers Moscou, je n'en ai pas trouvé trace. Attention, ça ne veut pas dire que nous n'avons jamais eu d'agents doubles. Simplement, soit on les a découverts et punis avant qu'ils ne passent à l'Est. Et ça ne s'est pas su. Soit – et c'est plus probable – on ne les a jamais trouvés…

Turpin s'extirpa de son fauteuil. La nuit tombait et il se sentait légèrement chancelant. Il eut encore la force de poser une question :

– Et Philby ? Quelle a été sa vie après son arrivée à Moscou ?

– Ça, c'est une histoire pour un autre jour, ricana Le Cloarec dans un élan de générosité. Du reste, on n'en sait pas grand-chose. En deux mots, disons que Philby n'a pas été accueilli comme il l'escomptait par ses vieux camarades. Le KGB se méfiait de lui. Certes, les Russes l'ont toujours considéré comme leur plus belle prise de guerre. Mais ils redoutaient simultanément une perfidie britannique. En d'autres termes, l'hypothèse d'un agent triple. Ça n'a pas dû être si facile que ça pour Philby. Il est mort à Moscou en 1988. Juste avant la chute du Mur. Quand on y pense… Il aura tout de même passé la moitié de sa vie d'adulte en Union soviétique. J'imagine que cela a dû lui sembler un peu long…

*

Pour son plus grand bonheur, Turpin retrouva le soir même un Kartadze jovial et détendu. Sa femme avait regagné le domicile conjugal et les choses étaient rentrées dans l'ordre. La voie publique étant officiellement débarrassée des fauves, ils descendirent bras dessus, bras dessous jusqu'aux berges et s'offrirent un festin bien arrosé de *khinkalis* à la viande dans leur restaurant de prédilection, sous le Pont-Sec.

Le lendemain, vendredi, le diplomate dut passer plusieurs heures sur le tarmac de l'aéroport afin de réceptionner l'aide française et la confier aux bons soins de l'ONU. Quand vint le soir, il rejoignit pour une bière en terrasse l'inspecteur Shenguelia, qu'il n'avait pas revu depuis leur seconde escapade à Tskaltoubo la semaine précédente. Il narra brièvement au policier les découvertes qu'avait faites, entre-temps, son collègue Jean-Baptiste à Washington : l'existence prochaine d'un petit musée de la guerre froide, destination des objets collectés par Rouvre ; et le lien fortuit avec la carrière rocambolesque de Kim Philby.

Mais la piste de Tskaltoubo était désormais froide, et ces trouvailles récentes dans la capitale américaine ne changeaient rien à l'affaire : on ignorait toujours pourquoi Sébastien Rouvre avait été tué. Ni le trafic de reliques staliniennes vers les États-Unis, ni l'association douteuse du jeune Français avec le milliardaire géorgien n'expliquait quoi que ce soit.

Turpin vit toutefois un sourire mélancolique se dessiner sur les lèvres de Shenguelia à la mention du nom de l'espion britannique.

– J'ignore tout de cette histoire d'agent double, admit-il. Mais vous entendre parler de Kim Philby vient de réveiller un souvenir lointain de mon adolescence en Abkhazie. Comme beaucoup d'autres garçons de mon âge, j'avais une collection de timbres. Ce qui, en URSS, n'était pas si simple. Mettre la main sur des vignettes occidentales s'avérait complexe. On se rabattait sur des exemplaires mongols, tchèques ou bulgares… Mais je me souviens très bien qu'en 1990, les Postes soviétiques ont émis un timbre en hommage à Kim Philby. Ce fut l'un des derniers cadeaux de mon père, juste avant le début de la guerre civile… Je le vois encore, ce timbre. Il valait cinq kopecks. J'imagine que les graphistes avaient un peu stylisé le visage de Philby à la mode moscovite. Dans mon souvenir, avec le recul, il ressemble plus à un apparatchik est-allemand qu'à un gentleman anglais. Mais je vois encore l'inscription dans la partie supérieure du timbre. Cela fascinait l'adolescent que j'étais.

– Qu'était-il écrit ?

– Ils avaient mis, en lettres noires – il traça les lettres dans l'air chaud du boulevard : СОВЕТСКИЙ РАЗВЕДЧИК. Ce qu'on peut traduire par « agent secret soviétique », ou « espion soviétique ». Je crois qu'il s'agissait d'une série. C'était la classe. À l'époque, les copains et moi, on voulait tous devenir agents secrets.

Il avala une gorgée de bière, les yeux dans le vague.

– Et regardez-moi aujourd'hui, conclut-il avec amertume. Me voilà policier. Dans un petit pays que les Russes ne se résignent pas à laisser tranquille… En tout cas, il y a peu de chances que ma bouille de réfugié d'Abkhazie finisse un jour sur un timbre.

*

Le temps du week-end s'annonçait beau et doux. L'enquête se trouvant au point mort, Turpin décida de s'accorder de l'exercice. Ses ripailles régulières avec Kartadze avaient fini par lui donner mauvaise conscience. Il voulait perdre du poids.

Il s'élança, le samedi matin, à l'assaut du mont Mtatsminda et mit presque une heure à gravir les centaines de marches conduisant au sommet. Après avoir repris son souffle, il déambula longtemps dans les allées du parc d'attractions qui dominait la ville. Certains manèges dataient de l'ère communiste mais la plupart semblaient neufs. Près d'une capsule spatiale pour enfants, les effigies de la chienne Laïka avaient fait place à Donald et Mickey. Turpin s'acheta un esquimau à la fraise et contempla Tbilissi depuis le parapet.

En contrebas, quelque part dans l'entrelacs des rues qui paraissaient si minuscules, se trouvait sans doute l'assassin de Rouvre et de Rapava… Nougo Shenguelia, très abattu, lui avait confié la veille que la seule piste encore explorée était celle des nombreux appels téléphoniques passés par le jeune Français. Après une interruption de plusieurs jours due à la tempête, deux agents du commissariat central s'employaient à vérifier, l'un après l'autre, ces numéros. Mais cela n'avait rien donné jusque-là. L'inspecteur n'était pas sûr que ces efforts soient poursuivis bien longtemps. Le découragement s'installait. Même le commissaire Makaladze avait cessé de les convoquer dans son bureau, lui et Lacha, pour les houspiller.

Le dimanche, il prit la direction opposée en vue de franchir le fleuve. Il constata que les lions postés à l'entrée du pont Galaktion montaient toujours la garde. Ces fauves-là, coulés dans le bronze, n'avaient pas jugé utile de semer l'effroi dans les rues.

Il parcourut à pas lents le quartier de Mardjanichvili, dont les théâtres rouvraient. Les restaurants étaient à nouveau bondés. Sa promenade, sans but précis, le ramena jusqu'à la brocante du Pont-Sec. Pourquoi Sébastien Rouvre n'était-il pas venu s'approvisionner ici, au lieu de courir à l'autre bout du pays ? Il traîna un moment parmi les étals disposés à même le sol, s'arrêtant parfois devant un buste de Lénine, ou contemplant d'antiques vareuses d'officiers constellées de médailles. Sur des planches philatéliques poussiéreuses, parmi d'innombrables estampilles marquées de l'étoile rouge, il chercha en vain Kim Philby. Les Postes soviétiques avaient manifestement préféré les cosmonautes aux espions. Puis, du coin d'un trottoir, il aperçut son ami Kartadze, qui gesticulait au beau milieu d'un groupe de touristes asiatiques en brandissant un poster grand format. De loin, distinguant une silhouette de vieux moine coiffée d'une auréole d'or, il crut reconnaître l'affiche d'*Andreï Roublev*, un film de Tarkovski. Si c'était bien le cas, son voisin serait bientôt en fonds.

De retour chez lui, il se plongea dans le visionnage de la série *Rome*, qui le fit méditer sur la gloire éphémère des empires. Il venait d'assister au triomphe d'Octave à Actium quand son téléphone sonna. C'était l'inspecteur Shenguelia.

– Monsieur Turpin, je vous dérange ?

Sur l'écran de la télévision, Antoine et Cléopâtre se livraient à des ébats aussi fougueux que désespérés. Il arrêta le DVD et invita le policier à poursuivre.

– Connaissez-vous une certaine Natela Grigolichvili ?

– Natela ? Oui, bien sûr. Elle travaille pour notre ambassade, comme traductrice-interprète. Pourquoi ? Qu'y a-t-il ?

– Rien. Rien. Rassurez-vous. C'est juste que nous avons trouvé son numéro dans la liste des appels passés par Rouvre. Un numéro fixe. Comme elle figure aussi dans notre registre des employés d'ambassade, je voulais juste vérifier avec vous.

Turpin sentait son pouls s'accélérer.

– Rouvre lui a téléphoné, dites-vous ?

– Il semble que oui. Trois fois en tout, en avril puis en mai.

– Et vous ? Vous l'avez appelée ? Natela ?

– Pas encore. On est dimanche. Il est tard. Nous le ferons demain. Ou après-demain. Il reste de nombreux numéros à appeler. Ne vous inquiétez pas. Je vous tiens au courant. Bonne nuit.

Le policier avait raccroché. Turpin alluma une cigarette et resta pantois sur son canapé. Sébastien Rouvre avait compté Natela Grigolichvili parmi ses contacts. Qu'est-ce que cela signifiait ? Il se souvint qu'il avait délibérément dissimulé l'identité du jeune Français à l'équipe de traduction de l'ambassade. Natela ne savait donc pas que Rouvre avait été tué. Comment réagirait-elle quand la police le lui apprendrait ?

Il reprit le cours de sa série. Mais ses longues promenades du week-end l'avaient fatigué et il dormait déjà, avachi dans un coin du sofa, quand Marc Antoine s'enfonça un poignard dans l'abdomen.

*

Le lendemain, Turpin avait oublié Natela. Sa matinée fut occupée à préparer l'ambassadeur à des entretiens télévisés. Mousquet, qui n'avait pas étanché sa soif de gloriole, entendait promouvoir l'aide humanitaire reçue de France auprès des médias géorgiens. *Il faut valoriser, René. Va-lo-ri-ser. Du reste, c'est ce que nous demande le Département. Et puis toutes ces tentes ont été payées avec l'argent du contribuable.* Son Excellence n'avait pas croisé un contribuable métropolitain depuis longtemps. Mais elle incarnait ce matin-là tous ses concitoyens imposables, et se sentait investie d'une mission. Patiemment, Turpin lui fit mémoriser puis répéter ses éléments de langage en anglais. Quand l'ambassadeur fut enfin prêt, il noua sa plus belle cravate – bleu horizon, réservée aux grandes occasions – et partit d'un pas martial vers les studios. Turpin put enfin souffler.

Il venait de finir de déjeuner quand Shenguelia l'appela de nouveau.

– Monsieur Turpin, nous ne sommes pas arrivés à joindre Mme Grigolichvili à son domicile, ce matin. J'imagine qu'elle est chez vous, à l'ambassade. Auriez-vous l'amabilité de lui demander de nous rappeler à ce numéro ?

Turpin nota les sept chiffres de la cellule d'enquête et raccrocha. Il descendit au sous-sol et pénétra dans le petit local qui accueillait à la fois l'équipe de traduction et la standardiste.

Natela n'était pas là. Il interrogea son jeune collègue, Rezo, recruté récemment.

– Elle n'est pas venue ce matin, monsieur le premier conseiller. Ni la semaine dernière.

– Comment cela ?

Tamouna, la standardiste, intervint dans son français approximatif :

– Mardi dernier, après tempête, elle a appelé pour dire qu'elle a peur des lions. Ah, oui. Elle a dit aussi, il y a fuites d'eau dans son appartement. Elle a dit, j'essaie de revenir à l'ambassade jeudi. Mais on l'a pas revue depuis. Pas téléphoné, non plus.

Turpin sentit une sourde angoisse monter en lui. Tamouna continuait dans la même veine, un rictus ironique au coin des lèvres :

– Monsieur, elle est spéciale, Natela. Comme princesse. Je pense, elle croit elle est encore dans Comité central. Elle vient quand elle veut…

Turpin remonta dans son bureau quatre à quatre et composa le numéro de l'appartement des Kartadze. Après une dizaine de sonneries, le vieux professeur répondit.

– Irakli, quel jour Nina est-elle revenue à la maison, après son petit séjour chez Natela ?

Il y eut un silence interloqué au bout du fil. Puis Turpin entendit son interlocuteur interpeller sa femme en russe. Sa voix revint.

– C'était jeudi. Elle est rentrée de Vaké jeudi matin. Vers 9 heures.

– Le 25 juin ?

– Oui, c'est ça. Ma femme a passé deux nuits là-bas. Elle dit que, jeudi matin, quand elles se sont quittées, Natela s'apprêtait à retourner à l'ambassade… Que se passe-t-il, René ? René ?

Turpin avait déjà raccroché. La peur au ventre, il prit une profonde inspiration avant de rappeler l'inspecteur Shenguelia.

7

Finalement, la pauvre Natela Grigolichvili n'avait pu échapper aux fauves qui la hantaient…

Au soir du lundi 29 juin, Shenguelia appela Turpin et lui raconta, consterné, ce qui s'était passé. Après l'appel du diplomate, il avait foncé vers Vaké avec des renforts. Les policiers avaient mis plus d'une heure à trouver l'appartement, niché au cœur d'un dédale de béton vétuste et malodorant. Une fois arrivés sur le seuil, personne n'ayant répondu à leurs sonneries répétées, ils avaient dû enfoncer la porte. Le corps sans vie de la vieille dame avait été découvert sur le tapis du salon, griffé par un chat qu'on n'avait pas nourri depuis plusieurs jours, entre deux seaux où clapotaient encore les fuites échappées du plafond. Ils n'avaient rien pu faire.

Le travail de la médecine légale était en cours. À première vue, la traductrice-interprète avait été tuée de la même façon que Rouvre et Rapava. Les voisins, interrogés sommairement, n'avaient rien entendu. Mais l'on sut qu'au matin du jeudi 25 juin, un contrôleur du gaz s'était présenté dans l'immeuble pour relever les compteurs. Un homme d'une quarantaine d'années, de grande taille, inconnu du voisinage. Un portrait-robot serait établi le lendemain, sur la base des témoignages recueillis.

Turpin rentra tard chez lui, dans un état de profond abattement. L'heure de ses agapes avec Kartadze était passée depuis longtemps, et il se demandait comment il allait apprendre la terrible nouvelle au vieux couple. Avec quels mots ? En gravissant péniblement l'escalier, il se souvint des angoisses de Nina à l'annonce du meurtre de Levan Rapava. Avait-elle pressenti ce qui allait arriver ?

En poussant sa porte, il trouva sur le sol une enveloppe à son nom qu'on avait dû glisser sous le battant. Il l'ouvrit et reconnut, sur un feuillet plié en quatre, l'écriture élégante d'Irakli Kartadze.

Cher voisin,

Il nous faut quitter précipitamment Tbilissi cet après-midi pour nous rendre à Gorki, en Russie. Le frère de Nina Sergueïevna est au plus mal et la réclame à son chevet. J'ignore combien de temps nous devrons y rester. J'essaierai de vous appeler de là-bas.

Prenez soin de vous.

I.K.

P.S. À mon retour, comme promis, je vous emmènerai chez mon ami Sergo.

Perplexe, Turpin lut le mot plusieurs fois. Il donnait l'impression d'avoir été rédigé hâtivement. Comme l'ambassadeur Mousquet, le vieux professeur semblait avoir, par automatisme, utilisé le nom soviétique d'une ville pourtant rebaptisée de longue date Nijni-Novgorod.

Et puis les Kartadze n'avaient jamais évoqué ce frère vivant en Russie. Mais Nina parlait rarement d'elle-même. En vérité, elle s'exprimait peu devant Turpin…

Ses voisins avaient-ils deviné la mort de Natela et, saisis de terreur, décidé de quitter la Géorgie le jour même ? Mais, si c'était le cas, de quoi avaient-ils peur ? Une connexion invisible les reliait-elle à cette sombre histoire ? Il n'eut pas la force, ce soir-là, d'y réfléchir davantage et s'enfonça dans un sommeil aussi profond qu'une tombe.

*

La réunion qui se tint le lendemain, à midi, au commissariat central devait rester dans les mémoires. Le désarroi régnait. Makaladze, les yeux injectés de sang, avait l'aspect d'un taureau à la fin du dernier *tercio*, juste avant l'estocade.

– Je sors du bureau du ministre. Avant cela, j'étais chez le procureur. C'est désormais la panique en haut lieu. Et la colère, laissez-moi vous le dire. Vingt-deux jours se sont écoulés depuis l'assassinat du Français, et nous voilà maintenant avec trois cadavres sur les bras. Il n'y a plus de doute possible. Nous sommes face à un meurtrier en série. Et nous ne savons toujours pas ce qui relie entre eux ces assassinats successifs. À part le fait que Rouvre était manifestement en contact avec les deux victimes suivantes.

Il s'interrompit un instant et se frotta lentement les yeux. Puis il formula l'évidence que chacun avait en tête :

– Rapava, encore… Je peux comprendre qu'on ait pu lui en vouloir au point de lui faire la peau ! Mais cette dame… Une vieille linguiste. Qu'y avait-il de commun entre un ancien patron du KGB et cette Natela Grigolichvili ?

– Ils avaient tous deux été membres du Parti communiste… risqua Lacha d'une toute petite voix.

– Et alors ! tonna Makaladze. Des centaines d'anciens membres du Parti vivent encore dans ce pays ! Peut-être même des milliers. Doit-on considérer qu'ils sont tous des cibles ? Ça n'a pas de sens. Et Sébastien Rouvre, par définition, n'était pas membre du PC géorgien. Cette discussion ne nous apprend rien quant au mobile du tueur. Lika, tu as fini d'examiner la scène de crime à Vaké ? Qu'as-tu à nous dire ?

Tout le monde se tourna vers la légiste. Nougo, malgré sa fatigue, se força à l'observer attentivement. Elle portait ce matin-là un blouson de cuir noir fendu d'épaisses crémaillères métalliques qui accentuait sa beauté barbare. Elle n'avait rien perdu de son assurance et paraissait la seule, dans cette assistance, à ne pas céder à l'affolement.

– Même procédé que pour les précédents meurtres, commissaire. Le coup de la cordelette en nylon. Ça a dû aller très vite. La seule différence que j'ai pu observer avec les deux dossiers déjà connus, c'est que le meurtrier, cette fois, n'a pas pris la peine de maquiller la mise à mort.

– Et qu'en déduis-tu ?

– Moi, rien, répondit-elle avec un brin d'effronterie. C'est aux enquêteurs d'en tirer des conclusions. Je me limite à livrer des constatations. Mais je dirais, comme ça, à première vue : soit il n'en a pas eu le temps ; soit il ne l'a pas jugé utile. Parce qu'il sait désormais que son petit stratagème dans le garage de Rapava n'a pas fonctionné. Vous avez annoncé publiquement, le 15 juin, que Rapava ne s'était pas suicidé. Cela n'aura pas échappé au meurtrier. Il en a sans doute conclu qu'il n'avait plus d'effort à faire pour travestir ses actes.

Le commissaire opinait du chef, l'air pensif. L'argumentation de la légiste était d'une logique implacable.

– Tu as pu établir le jour et l'heure de la mort ?

– Pas précisément. Mais la putréfaction était déjà bien avancée, tandis que la rigidité cadavérique avait disparu. Ce qui nous place, au moment où nous avons trouvé le cadavre, au moins trente-six heures après le meurtre. Je dirais…

Nougo n'écoutait plus vraiment. Le cerveau embrumé par le manque de sommeil et l'effroi, il fixait Lika intensément. Serait-il assez courageux pour l'approcher un jour ? Il se jugeait peu doué pour séduire les femmes. La faute à sa jeunesse abkhaze ? Quand il avait eu quatorze ans, à Soukhoumi, un frère de son père l'avait solennellement emmené au bordel. C'était toujours la tâche d'un oncle. *En Géorgie, on s'assure très tôt que les garçons tombent du bon côté...* Mais c'était quoi, le bon côté ? Un jour, en fin d'après-midi, l'oncle lui avait mis la main sur l'épaule et ils avaient marché vers la ville basse qu'embaumaient les acacias en fleur, jusqu'à un établissement situé près de la gare maritime. Le Sébastopol. On l'avait glissé entre deux matelots déjà soûls. Il n'en menait pas large. Mais une Tcherkesse aux chairs grasses avait eu pour lui les bontés indulgentes d'une mère, la patience amusée d'une amie, et le savoir-faire d'une courtisane orientale. Il en était ressorti transformé, avide de recommencer. Après l'acte, l'oncle lui avait payé sa première cuite dans un bistrot du port...

– ... En tout cas, poursuivait Lika, l'état du cadavre colle parfaitement avec le scénario d'un meurtre perpétré le jeudi 25 juin. Quant au positionnement du corps, il peut aussi correspondre à cette histoire de contrôleur du gaz et...

– Comment cela ? Sois plus précise.

– Eh bien, la victime a été retrouvée allongée de tout son long, un peu en biais, sur le tapis du salon. Au vu de l'orientation du corps, elle marchait vers la porte qui donne sur le balcon. Or le compteur de gaz se trouve sur le balcon, à l'extérieur, comme c'est le cas dans la plupart des immeubles d'époque communiste. Je pense donc qu'elle a ouvert à son meurtrier. Puis elle l'a précédé en le conduisant vers le balcon. Il marchait dans ses pas. Une fois dans le salon, il l'a attaquée par-derrière.

– Mme Grigolichvili vivait seule ?

– Oui. À ce qu'on sait, elle n'a jamais été mariée.

L'esprit de Nougo continuait à dériver. Après son dépucelage réussi dans l'antique cité des Dioscures, il avait pris goût à la fréquentation des maisons closes. Il aimait la simplicité du sexe tarifé. L'odeur de savon bon marché. La fausse disponibilité des femmes. Était-ce vraiment cela, *tomber du bon côté* ? À Tbilissi, dans les bouges obscurs du quartier de Gldani, cette addiction avait grandi. Elle lui faisait un peu honte…

– Shenguelia !

Makaladze l'apostrophait. Il s'extirpa de sa divagation triste dans un sursaut.

– Shenguelia ! Tu rêvasses ou quoi ? C'est bien le moment ! As-tu pu vérifier avec la compagnie du gaz ?

– Oui chef. J'ai appelé la direction technique de KazTransGas tout à l'heure. Ils démentent.

– Ils démentent quoi ?

– Ils disent que le relevé de cet immeuble de Vaké n'était pas programmé ce jour-là. Ils inspectaient Sabourtalo la semaine dernière. L'homme qui s'est présenté ne venait pas de chez eux. C'était forcément un imposteur.

Le commissaire se tourna vers Lacha.

– Bregvadze, le portrait-robot, il est prêt ?

– Oui, il est prêt, chef. D'après les trois témoins qui assurent avoir croisé l'homme dans l'immeuble, c'est plutôt ressemblant. Un individu d'environ un mètre quatre-vingt-cinq. Corpulence athlétique. La petite quarantaine. Cheveux châtain clair. Yeux bleus. Mais nous avons croisé le portrait-robot avec les données contenues dans la base anthropométrique. Pour l'instant, ça n'a rien donné.

À ce moment-là, Makaladze enfouit son crâne entre ses grosses mains velues. Toute l'équipe attendait, un peu inquiète, qu'il reprenne le fil de la réunion.

– Bon, finit-il pas lâcher sur un ton résigné, qu'est-ce qu'on peut faire à ce stade de cette affaire épouvantable ? Des idées ? Des suggestions ? Je vous écoute.

Nougo s'efforçait de se concentrer à nouveau. Il se jeta à l'eau.

– Est-ce qu'il ne faudrait pas, avant toute chose, avertir du danger tous les contacts de Rouvre ?

Lacha intervint :

– Oui, on pourrait publier un avis dans les journaux…

Makaladze leva les yeux au ciel.

– Tu veux faire souffler un vent de panique dans la population, c'est ça ? Combien de numéros géorgiens avons-nous trouvés dans le répertoire téléphonique de Rouvre ? Tu m'as donné ce chiffre, l'autre jour.

– Euh… Deux cent vingt-sept.

– Non, c'est impossible. En plus, l'assassinat de Rouvre est toujours censé rester secret, à ce stade de l'enquête. Et puis, cela reviendrait à alerter le meurtrier. Non, pas de recours aux médias.

Nougo reprit la parole.

– Je ne pensais pas aux journaux. Mais je crois qu'il faut accélérer les appels aux contacts de Rouvre. À la fois pour les avertir et les interroger. Il nous faut mettre sur pied une cellule plus étoffée pour cela. Au moins quatre agents.

– D'accord, je te les donne. Bregvadze, tu vas superviser cette cellule téléphonique. Une autre idée ? Qu'est-ce qu'on peut faire d'autre ?

Lika Batiachvili leva la main.

– Je vais passer au peigne fin l'appartement de Vaké. Pour voir si j'y trouve des empreintes ou des traces ADN suspectes. Mais j'en doute. Il n'y a pas eu de fouille, apparemment. Le domicile est resté bien rangé. L'assassin était là pour tuer, c'était son seul objectif. Au-delà, je ne sais pas trop quoi faire. On pourrait… Je ne sais pas…

– À quoi penses-tu ?

– … essayer de s'intéresser aux caméras de surveillance des magasins du quartier, si elles existent. Ça pourrait nous donner une idée du chemin qu'a pris l'assassin après avoir quitté l'immeuble.

Nougo renchérit, s'attirant une moue satisfaite de Lika :

– Oui, en plus, la fenêtre est assez courte. Grâce au diplomate français, on croit savoir que Nina Kartadze, qui logeait chez Mme Grigolichvili depuis deux jours, a quitté les lieux entre 8 et 9 heures. Quant à Natela, elle s'apprêtait à se rendre à l'ambassade. Cela nous donne un créneau d'une heure, au grand maximum, au cours duquel le meurtrier a agi. À mon avis, une fois le crime commis, il a quitté l'appartement avant 10 heures du matin.

Juste avant de mettre fin à la réunion, le commissaire s'accrocha à cette suggestion comme à une planche de bois au beau milieu d'un naufrage.

– Oui, faisons cela. Shenguelia, tu vas t'en charger. Vois si tu peux récupérer des enregistrements visuels pour la matinée du 25 juin dans le secteur autour de cet immeuble.

*

À l'ambassade, au même moment, c'était le chaos. Un membre du personnel local avait été assassiné. À la tristesse causée par la mort d'une collègue se mêlait un sentiment de vive indignation : comment pouvait-on s'en prendre aussi violemment à une vieille dame inoffensive ? Personne n'avait le cœur à se mettre au travail. À tous les étages du bâtiment, les murmures allaient bon train.

L'ambassadeur, pour sa part, se vit d'emblée conforté dans sa répugnance envers les Caucasiens.

– Vous voyez, René, je vous l'ai toujours dit. Ces Géorgiens sont des sauvages. Ils s'entretuent à la première occasion. C'est un passe-temps, pour eux.

Turpin tenta de le calmer. Mais Mousquet, hors de lui, décida de convoquer une réunion restreinte avec les seuls agents qui avaient connaissance du meurtre de Rouvre. Turpin, Weber et Le Cloarec s'enfermèrent avec lui dans son bureau. La secrétaire de la chancellerie fut priée de ne pas les déranger.

– Bon, asséna-t-il sur un ton péremptoire. Je crois que les choses sont claires. C'est la France qui est visée par cette vague d'assassinats.

Ses collaborateurs, mal à l'aise, échangèrent des regards en coin. Turpin, naïvement, s'était attendu à une discussion sur les moyens de regonfler le moral du personnel.

– Monsieur l'ambassadeur... marmonna Le Cloarec, non sans témérité. Sauf votre respect, il me semble que c'est aller un peu vite en besogne. Il y a, parmi les victimes, un ancien officier du KGB qui n'a rien à voir avec nous...

Mais Mousquet ne voulut pas en démordre. Ses trois collaborateurs, immobiles comme des statues de sel, comprirent qu'ils avaient été convoqués seulement pour l'écouter. Son Excellence se lança dans une longue tirade sur les risques du métier de diplomate, le tempérament irascible et cruel des Géorgiens, l'héritage de sept décennies de violences soviétiques, pour conclure que sa personne était en grand danger.

– René, prenez sans tarder rendez-vous pour moi avec le chef du protocole. Je vais exiger un renforcement des mesures de protection autour de l'ambassade, ainsi qu'une garde statique devant ma résidence.

*

Turpin ne revit Shenguelia qu'au soir du jeudi 2 juillet. Il aurait dû, ce soir-là, dîner avec le vieux Kartadze et sentit la mélancolie le gagner. Sans son complice, la vie à Tbilissi allait devenir plus terne.

Ils s'attablèrent dans une taverne enfumée de la Vieille Ville et commandèrent du *lobio*, la soupe traditionnelle aux haricots rouges. Curieusement, comme s'il avait lu dans les pensées tristes du diplomate, l'inspecteur évoqua d'emblée la disparition des Kartadze.

– C'est un peu étrange, non ? À ce que vous m'avez dit, Nina Kartadze est la dernière personne à avoir vu en vie Mme Grigolichvili. Celle-ci semble avoir été tuée juste après. Et voilà les Kartadze qui quittent précipitamment Tbilissi dans les heures qui suivent.

Turpin, horrifié, se récria.

– Vous n'imaginez tout de même pas que Nina ait pu tuer Natela ! Enfin, deux vieilles dames !

Shenguelia eut un petit sourire contraint et répondit d'une voix douce :

– Non, bien sûr. Ce n'est pas ce que j'avais en tête. Mais la police aurait naturellement souhaité entendre Mme Kartadze. Et je trouve bizarre qu'elle et son mari aient disparu si vite après la découverte du cadavre de Natela. Comme s'ils avaient quelque chose à se reprocher. Ou bien, comme s'ils avaient su quelque chose que nous ignorons. Ça ne vous paraît pas mystérieux ?

Turpin, rasséréné, dut admettre que le policier avait raison. Il lui vint soudain une idée qu'il n'avait pas eue jusque-là. Une idée vaguement dérangeante.

– Inspecteur, avez-vous vérifié, à tout hasard, si le numéro des Kartadze figure dans le répertoire de Sébastien Rouvre ?

– Non… Je ne crois pas. Nous procédons par ordre alphabétique dans les appels que nous effectuons. Il me semble que la cellule téléphonique n'est pas encore arrivée à la lettre K de sa liste de contacts.

– Vérifiez quand même, voulez-vous ? Voici leur numéro. C'est un fixe. À ma connaissance, aucun des deux ne possède de téléphone portable.

L'inspecteur en prit note au moment où on leur apportait les cassolettes fumantes de *lobio*. Ils mangèrent quelques minutes en silence, l'esprit ailleurs. Puis Shenguelia reprit :

– J'ai réfléchi, ces derniers jours. Je crois qu'il va nous falloir repartir de zéro.

– Vous savez comment vous allez vous y prendre ?

– Eh bien… Commençons par ce que nous pouvons d'ores et déjà écarter. La piste de Tskaltoubo. C'était une mauvaise piste. C'était même, je crois, une fausse piste.

– Que voulez-vous dire ?

– J'ai pensé à une chose. Le meurtrier ne s'est-il pas délibérément débarrassé du téléphone de Rouvre pour nous égarer ? Réfléchissez. Il ne devait rien contenir de bien utile pour lui, à part, peut-être, l'historique des appels téléphoniques. En revanche, il était rempli d'images de Tskaltoubo. Et nous sommes partis bille en tête sur cette piste-là, sans trop nous poser de questions. En perdant un temps précieux, pendant que l'assassin projetait de tuer d'autres victimes en toute tranquillité.

Turpin venait de finir de racler sa cassolette et tendit l'oreille. La salle était bruyante et il dut se pencher un peu sur la table.

– Continuez.

– Revenons aux trois meurtres. Il y a une différence évidente, désormais, entre l'assassinat de Rouvre et les deux suivants. Dans le premier cas, on sait que le meurtrier cherchait quelque chose. Il a mis la chambre d'hôtel à sac et sans doute embarqué l'ordinateur du jeune Français. Mais lors des meurtres de Rapava et Grigolichvili, on n'a trouvé aucun signe de fouille. Il s'est limité à tuer, si j'ose dire. Comme si ces deux assassinats n'étaient que des prolongements du premier. Des conséquences logiques, en quelque sorte.

– Intéressant, reconnut Turpin. Et qu'en déduisez-vous ?

– Je suis tenté d'en déduire que le cœur de toute cette affaire, c'est très certainement Rouvre lui-même. Tout part de lui. Sébastien Rouvre a fait quelque chose qui a d'abord causé sa perte, puis déclenché la dynamique des meurtres ultérieurs. Reste à savoir ce qu'il a bien pu faire pour déchaîner une telle violence.

Turpin alluma une cigarette. Il réfléchissait à son tour. Que savait-on, au juste, des activités de Rouvre ? Il avait fait la classe aux enfants du milliardaire. Dans son temps libre, il avait parcouru et pillé des ruines thermales à l'autre bout du pays. Et il était doctorant en histoire… Il se sentit soudain parcouru par une série de frissons.

– Et sa thèse ? Vous avez creusé cet aspect, inspecteur ? Vous savez où il devait la soutenir ?

– Non, à vrai dire. J'ai supposé dès le départ qu'il la préparait en lien avec une institution située en France. Ou quelque part en Europe.

– Vous avez posé la question à Audrey Stein, la jeune enseignante qui travaillait avec lui ?

– Je ne me rappelle pas lui avoir posé la question. Mais c'est une omission facilement réparable. Laissez-moi un instant. Je vais l'appeler.

L'inspecteur s'empara de son téléphone et composa un numéro tandis que Turpin commandait deux verres de cognac arménien. Shenguelia sortit sur le trottoir pour s'éloigner du vacarme. Il revint quand on leur servait l'alcool. Les deux hommes trinquèrent.

– Je viens de lui parler. Elle dit qu'elle n'a jamais su précisément auprès de quelle université Rouvre préparait son doctorat. Mais elle pense qu'il s'agissait d'une université américaine. Elle dit que Rouvre attendait généralement le soir pour appeler son directeur de thèse. Sans doute à cause du décalage horaire.

Le policier avala une lampée de cognac avant de hausser les épaules.

– Je crains que ça ne nous avance pas beaucoup.

Turpin s'efforçait de se concentrer. Il recherchait dans sa mémoire une information que Jean-Baptiste, depuis Washington, lui avait transmise au téléphone.

*

Le lendemain, vendredi 3 juillet, se tinrent les obsèques de Natela Grigolichvili. Avant de partir pour le cimetière, Turpin rédigea un bref courriel à l'attention de Jean-Baptiste Bruxel.

> Ayez la gentillesse de me rappeler l'identité du professeur qui supervise le Cold War Museum, ainsi que le nom de l'université à laquelle celui-ci est rattaché. Vous m'en avez parlé l'autre jour, mais j'ai déjà oublié. Amitiés, René.

Huit heures séparaient Tbilissi de la capitale américaine. Avec un peu de chance, il recevrait la réponse de son jeune collègue avant la fin de la journée.

Pour la seconde fois en moins de trois semaines, il se retrouva en lisière d'une fosse mortuaire. Comme le Panthéon, la nécropole de Koukia dominait Tbilissi, mais depuis une colline située de l'autre côté du fleuve, en face du mont Mtatsminda. On n'y enterrait ni les poètes ni les princes.

La postérité des humbles s'y manifestait malgré tout. Selon l'usage russe, les stèles noires arboraient, en surimpression, des photos des défunts. Turpin, un court instant, fut pris de vertige en marchant parmi cette forêt de visages pétrifiés. Il se demanda comment serait représentée Natela. Assise à son bureau, un dictionnaire français-russe posé devant elle ?

La cérémonie fut brève, sans pope, sans homélie. De vieux amis de la camarade linguiste prononcèrent quelques mots, qui en russe, qui en géorgien. On les vit tressaillir quand s'abattit sur le cercueil, dans un claquement sourd, la première pelletée de terre brune. Toute l'ambassade était là, en rangs serrés. De même que l'inspecteur Shenguelia. Seul l'ambassadeur s'était abstenu… Turpin eut la surprise, à la fin, de voir venir vers lui la cohorte des endeuillés. Natela n'avait plus de famille. Ils défilèrent tous devant lui, l'un après l'autre, en marmonnant des condoléances.

À la sortie du cimetière le policier, la mine funèbre, donna confirmation à Turpin de ce qu'il redoutait : le numéro des Kartadze figurait bel et bien dans la liste de contacts de Sébastien Rouvre. Celui-ci l'avait composé deux fois, le 27 avril et le 3 mai.

*

De retour à l'ambassade, en fin d'après-midi, il trouva la réponse de Jean-Baptiste dans sa messagerie.

> Cher René, le professeur en question s'appelle Samuel Tremblay. Sans doute un Québécois. American University. J'ai copié ci-dessous le lien vers sa page web. Amitiés, JB.
>
> https://www.american.edu/cas/faculty/tremblay.cfm

Turpin cliqua sur le lien. Son navigateur s'ouvrit et fit apparaître une page au graphisme soigné, qui déclinait un camaïeu de bleu. L'ensemble avait l'aspect d'une brochure sur papier glacé. Une photo de l'enseignant figurait en haut à gauche. La quarantaine alerte, une courte barbe taillée avec soin, des dents bien blanches. Samuel Tremblay avait le visage avenant d'un prédicateur mormon. Ou d'un vendeur d'appartements chics dans l'Upper East Side.

Il manipula sa souris et fit défiler le texte de présentation.

Samuel Tremblay
Associate Professor
College of Arts & Sciences
History

Contact
(202) 885-6393 (Office)
Tuesday & Friday 9 : 00am-12 : 00pm & by appointment

Degrees & Career
PhD, History Department, Russian and East European Studies, McGill, Montreal, Canada
Visiting Lecturer, MGIMO-University, Moscow, Russia
Executive Director, Cold War Museum, Washington DC

Languages Spoken
Native : French and English – Fluent : Russian and Ukrainian

Teaching

Spring 2009
HIST-292 : The Cold War, from a Russian Point of View

Il s'agissait bien d'un historien spécialiste de la guerre froide. Formé au Canada, dans le département d'études russes de l'Université McGill, à Montréal. Son expérience de lecteur au sein du MGIMO – l'institut moscovite de formation diplomatique – ajoutait une nuance de crédibilité à son parcours.

Turpin nota le numéro de téléphone. Il examina les horaires de la permanence de Tremblay et fit un bref calcul. C'était encore le matin à Washington. Là-bas, il était 10 h 15. On était vendredi. Il décida de tenter le coup et décrocha son combiné.

À sa grande surprise, on répondit au bout d'une seule sonnerie.

– *Tremblay. What can I do for you ?*

La page web précisait que son interlocuteur parlait parfaitement le français. Turpin poursuivit dans cette langue.

– Professeur... C'est un peu délicat. Mon nom est Turpin. J'ai trouvé vos coordonnées sur Internet. Je suis un diplomate français. En poste en Géorgie.

– Vous appelez d'Atlanta ?

– Non. Non. Du pays appelé Géorgie, dont la capitale est Tbilissi. J'ai une question à vous poser...

– *Right. Of course. Georgia.* Je connais. Je m'y suis rendu plusieurs fois. En quoi puis-je vous être utile ?

L'homme parlait le sabir typique des Québécois, nasal et traînant, semé de mots d'anglais.

– Connaissez-vous quelqu'un du nom de Sébastien Rouvre ?

– Sébastien ? Oui, bien sûr. Je dirige sa thèse depuis un an. Vous le connaissez, vous aussi ? *He is a good kid.*

Turpin prit une inspiration. Il savait que ses prochains mots allaient produire l'effet d'une bombe.

– Professeur... J'ai une mauvaise nouvelle à vous annoncer. Sébastien Rouvre est décédé. On l'a assassiné. Au début du mois dernier. À Tbilissi. Je suis vraiment désolé.

Il y eut un très long silence. Seules d'infimes vibrations statiques se faisaient entendre. Turpin crut que la ligne avait été coupée. Puis la voix de Tremblay revint, lointaine, hachée par la surprise.

– Sébastien est mort ? *Oh my God... What happened ?*

– L'enquête est en cours. Mais la police géorgienne ignore encore ce qui est arrivé. Professeur, j'ai besoin de vos lumières. Quand lui avez-vous parlé pour la dernière fois ?

– La dernière fois... Laissez-moi réfléchir une seconde... Ce devait être vers la fin du mois de mai. Il m'a appelé depuis la Géorgie.

– Que vous a-t-il dit ?

– *He was very excited.* Il m'a d'abord raconté qu'il avait trouvé sur place des objets intéressants pour le petit musée que je dirige. Un musée sur la guerre froide. Et puis nous avons parlé de sa thèse, bien sûr. Il avait fait des trouvailles tout à fait novatrices, d'après lui.

– Professeur, puis-je vous demander sur quel sujet il travaillait ?

– Le sujet de sa thèse ? *Sure.* C'était sur Philby. Vous savez, l'agent double. Il avait décidé d'explorer la vie de Philby en Union soviétique. Son travail devait s'intituler ainsi : *Kim Philby – Les années russes.* C'est un très beau sujet. Parce que jusqu'à ce jour, tout ce qui a été écrit sur lui repose, pour l'essentiel, sur des sources britanniques. Ou américaines. Sébastien voulait exploiter des sources soviétiques. Et puis...

L'universitaire menaçait maintenant de devenir intarissable. Ce fut au tour de Turpin de rester un moment silencieux. Le combiné coincé entre l'épaule et l'oreille, il regardait le ciel s'assombrir sur le lac aux grenouilles. Il se força à poser une dernière question avant de mettre fin à l'échange :

– Professeur, encore une chose. Sébastien Rouvre vous avait-il envoyé son texte ? Ou des morceaux de son texte ? Certains chapitres ?

– *Not yet.* Nous étions convenus qu'il m'enverrait une première ébauche vers la fin du mois de juin. Mais je n'ai rien reçu. Je comprends maintenant pourquoi.

*

Il demeura longtemps immobile tandis que son bureau s'assombrissait. Il n'alluma pas sa lampe de travail et laissa l'obscurité l'envelopper peu à peu. Les grenouilles s'étaient tues. Derrière le lac, la silhouette tarabiscotée du manoir de Beria se détachait à peine sur un ciel bleu pétrole.

Turpin sentit un début de migraine palpiter sous son front. Mais il se contraignit à réfléchir. Il éprouvait le sentiment confus que certaines pièces du puzzle commençaient à s'assembler. Même si l'image d'ensemble lui échappait encore. Il s'efforça de bâtir un récit plausible.

Sébastien Rouvre, jeune agrégé d'histoire, préparait une thèse de doctorat sur un épisode de la guerre froide. Son directeur de thèse, un universitaire québécois spécialiste de cette période, dirigeait aussi, à Washington, un musée en gestation. Rouvre, une fois en Géorgie, avait découvert que son employeur, le milliardaire Berichvili, pouvait lui donner accès à des reliques soviétiques recherchées par l'universitaire canadien. En marge de son travail de doctorant, il avait donc monté son petit commerce, apparemment fort lucratif.

Jusque-là, le récit se tenait. Et Turpin venait de mettre au jour une connexion supplémentaire : le bâtiment choisi pour accueillir le musée avait été, au tournant des années 1950, habité par Kim Philby ; et il savait désormais que Rouvre avait axé ses recherches sur une période de la vie du célèbre agent double.

Bon. Intéressant. Mais tout cela n'expliquait toujours pas pourquoi Sébastien Rouvre avait été tué. Ni l'enchaînement avec les deux meurtres ultérieurs.

Kim Philby – Les années russes. Il tenta de se souvenir des mots de Le Cloarec. Que lui avait-il dit ? Quelles étaient les dates ? Si sa mémoire était bonne, l'espion britannique avait disparu subitement de Beyrouth en janvier 1963. Il était mort à Moscou en 1988. Vingt-cinq années derrière le « rideau de fer »... Mais quel rapport avec la Géorgie ? Philby s'était-il rendu en Géorgie durant son exil soviétique ?

Le professeur Tremblay venait d'évoquer des *trouvailles novatrices* faites par Rouvre, dans le cadre de ses travaux de recherche. Qu'avait-il bien pu trouver ? Personne n'avait manifestement encore lu le fruit de son travail. Et Shenguelia avait parlé d'une fouille en règle dans la chambre de l'hôtel Marriott. Et du vol de l'ordinateur de Rouvre. Le meurtre du jeune Français s'était produit peu avant le moment où il aurait dû envoyer un premier jet à son directeur de thèse...

Il tenta un nouvel angle : Rouvre était au centre d'un réseau de contacts qui avait inclus Levan Rapava, Natela Grigolichvili, et le couple Kartadze. Les deux premiers avaient été assassinés. Le couple Kartadze s'était évanoui dans la nature. Mais, à part le fait qu'ils avaient tous été, en leur temps, de bons et loyaux communistes, qu'est-ce qui les unissait ? Et quel rapport entre ces gens et une thèse sur Kim Philby ?

Tous ces éléments disparates commençaient à se télescoper dans le cerveau migraineux du diplomate... La thèse de Rouvre était-elle au cœur de cette affaire ? Mais comment expliquer qu'un travail de recherche universitaire sur un personnage mort et enterré depuis plus de vingt ans ait pu provoquer de telles tragédies ?

Turpin éteignit son ordinateur et décrocha son téléphone. Il faisait maintenant complètement nuit. Il composa le numéro du domicile de Le Cloarec et laissa sonner plusieurs fois. Personne ne répondait. On était vendredi soir. Le vieil espion devait être sorti dîner en ville. Après la septième sonnerie, le répondeur se déclencha. Turpin laissa un bref message :

– Hugues. Il va falloir que tu me parles un peu plus en détail de Kim Philby.

8

Le samedi s'écoula pour Turpin dans le désarroi et l'apathie. L'absence de ses voisins lui pesait. Il eut à peine la force de sortir pour s'acheter de quoi manger. L'énergie qu'il avait manifestée le week-end précédent, dans ses longues marches à travers la ville, s'était évaporée. Il traîna longuement dans son salon, suivant d'un œil distrait les derniers épisodes de la série *Rome*, fumant cigarette sur cigarette.

Quand vint le soir, il s'aperçut qu'il n'avait pas encore pleinement réfléchi aux implications de ce que Shenguelia lui avait appris la veille. Le numéro de téléphone des Kartadze avait figuré parmi les contacts de Rouvre. Celui-ci l'avait composé deux fois. Il les avait donc probablement rencontrés.

Turpin songea aux nombreuses conversations aux cours desquelles, face au vieux Kartadze, il s'était volontairement abstenu d'évoquer l'affaire Rouvre. Il n'avait jamais prononcé le nom du jeune homme en sa présence. L'enquête aurait-elle pris un tour différent s'il l'avait fait ? Cette pensée se mit à le ronger… Il se demandait maintenant si la confidentialité observée depuis le début sur la mort de Rouvre n'avait pas été, en définitive, une erreur magistrale. En croyant protéger l'enquête, ne l'avait-on pas entravée ? Levan Rapava et Natela Grigolichvili auraient-ils été tués si l'identité du Français avait été révélée dès le début du mois de juin ?

Bien sûr, argumenta-t-il pour lui-même, nul n'aurait pu imaginer, à ce moment-là, que d'autres meurtres suivraient… La police avait cru bien faire.

Il s'efforça de revenir aux Kartadze. Pourquoi Rouvre les avait-il contactés ? Le raisonnement de l'inspecteur Shenguelia lui revint à l'esprit. *Tout part de Rouvre.* Qu'avait-il dit d'autre, dans la taverne enfumée du centre-ville ? Turpin se concentra. *Il a fait quelque chose qui a d'abord causé sa perte, puis déclenché la dynamique des meurtres ultérieurs.*

Le départ soudain des Kartadze s'inscrivait-il aussi dans cette dynamique ? Le diplomate songea subitement que c'était peut-être lui-même qui avait, involontairement, provoqué cette fuite. Le lundi 29 juin, après avoir découvert à l'ambassade que Mme Grigolichvili manquait à l'appel, il avait téléphoné aux Kartadze en état de panique. Irakli pouvait très bien avoir confusément compris, à sa voix, à ses questions, qu'il était arrivé malheur à Natela.

À moins que… Des pensées disparates et saugrenues se bousculaient à nouveau dans sa tête. Il avait écarté d'emblée, devant le policier, le scénario selon lequel Nina Sergueïevna aurait pu tuer Natela. Mais pouvait-on envisager qu'Irakli lui ait prêté main-forte ? Après tout, nul ne savait où s'était trouvé le vieux professeur au matin du jeudi 25 juin. S'était-il rendu à Vaké pour y chercher sa femme ?

Des gouttes de sueur se mirent à perler sur son front. Les Kartadze avaient-ils même quitté la Géorgie ? Ou bien avaient-ils feint leur départ pour Gorki ? La question méritait qu'on s'y attarde. Il se promit d'en toucher un mot à Shenguelia.

Il tournait en rond, prisonnier d'un tourbillon d'hypothèses de plus en plus dérangeantes.

Turpin revint à Rouvre. Qu'avait-il fait ? Depuis la veille et son échange téléphonique avec Samuel Tremblay, le diplomate savait que Rouvre rédigeait une thèse sur les années russes de Kim Philby. *Un très beau sujet*, avait dit le professeur, qui avait parlé aussi de *sources soviétiques*. Était-ce la raison pour laquelle le jeune doctorant s'était rendu plusieurs fois en Russie à l'automne précédent ? Mais quel rapport avec la Géorgie ? Pourquoi Rouvre avait-il cherché à contacter Levan Rapava, Natela Grigolichvili, et les Kartadze ? Détenaient-ils des informations sur Kim Philby ?

Dans le cas de Rapava, c'était un scénario possible. Il avait dirigé le KGB géorgien à la fin des années 1960 puis, à ce que lui avait raconté Shenguelia, était monté à Moscou. Où vivait, dans ces années-là, Kim Philby. Rapava avait-il eu accès, à cette époque, à des documents concernant Philby ? L'avait-il rencontré ?

Mais quel rapport entre Philby et Natela ? Entre l'agent double et les Kartadze ? Turpin se souvint que Nina et son amie avaient travaillé ensemble pour le Parti. Avec quels mots Natela avait-elle décrit ces activités ? Il ferma les yeux et fit un effort pour se remémorer leur conversation, plus de trois semaines auparavant. Qu'avait dit la vieille dame, alors qu'ils roulaient vers le ministère des Affaires étrangères ? *Des traductions officielles*. Quoi d'autre ? Il lui sembla qu'elle avait aussi évoqué l'accueil d'intellectuels étrangers. Sartre et Beauvoir ?

Il avait l'impression de devenir fou. Il prit un somnifère et partit se coucher.

*

Le dimanche 5 juillet, il déjeuna en ville avec Le Cloarec. L'espion jeta son dévolu, dans le quartier des bains sulfureux, sur un lieu traditionnel où l'on servait du *khachi*. Les Géorgiens considéraient ce bouillon gras plein d'abats comme un remède souverain contre la gueule de bois, et Turpin soupçonna l'officier du renseignement de s'être abondamment soûlé la veille au soir. Mais pas assez pour en avoir oublié ses petites manies d'agent secret : Le Cloarec prit place au fond de la salle, dos au mur, de façon à pouvoir surveiller à la fois la porte d'entrée et l'accès aux cuisines. Turpin riait sous cape. Les commensaux attablés autour d'eux piquaient du nez dans leurs assiettes, et les seuls yeux tournés vers eux étaient ceux qui surnageaient à la surface du bouillon.

– Alors ? Que veux-tu encore savoir sur Philby ?

– Que peux-tu me dire sur les années qu'il a passées en Russie, après sa défection ?

Le Cloarec, l'air un peu absent, faisait tremper des bouts de pain dans son bol de *khachi*. Pour la première fois, il parut à Turpin peu loquace. Celui-ci venait de lui révéler le sujet de la thèse de Sébastien Rouvre.

– À vrai dire, j'ai bien peur de ne pas en savoir tellement plus que ce que je t'ai raconté l'autre jour. Je me souviens tout de même qu'une fois en Russie, Philby a publié ses mémoires. En 1968, si je ne me trompe pas. *My Silent War*, ça s'appelait. Ma guerre silencieuse. Et c'est Graham Greene qui a préfacé l'ouvrage.

– L'écrivain ?

– Oui, le grand écrivain britannique. Les deux hommes entretenaient une vieille et solide amitié, qui a résisté à la trahison de Philby. Ils s'étaient connus pendant la guerre. À cette époque, Greene avait travaillé pour les services secrets. Je crois que Philby était son supérieur, d'ailleurs.

– Et le livre ? Philby y parle de sa vie en Russie ?

– Pas dans mon souvenir. J'ai lu ça il y a longtemps… Je crois qu'il s'agissait surtout d'une autojustification. La ligne de défense de Philby, en gros, c'était de dire : *Je n'ai pas pu trahir un système auquel je n'ai jamais appartenu.* Ce qui m'apparaît, bien sûr, comme un grossier mensonge. Parce que Kim Philby appartenait bel et bien à l'establishment dans lequel le MI6 puisait ses recrues. La preuve, c'est qu'en 1951, au moment où ses ennuis ont commencé, il était pressenti pour prendre la tête des services secrets britanniques. Mais, curieusement, Graham Greene a fait sienne cette ligne de défense. Pour l'écrivain, Philby a toujours été une sorte de superhéros. Un idéaliste déterminé, constant dans son engagement politique tout au long de sa vie, qui n'a jamais trahi la seule cause qui lui importait, celle du communisme. C'est comme ça qu'il l'a dépeint dans sa préface. Au grand dam de la bonne société anglaise. Les mauvaises langues assurent que c'est ce positionnement pour le moins étrange qui a fini par coûter à Greene l'octroi du prix Nobel de littérature…

– Mais les Russes ont dû adorer le livre de Philby, non ?

– Eh bien non, figure-toi. Le KGB a validé la publication en Occident – après avoir copieusement expurgé le texte initial, à ce qu'on sait. L'ouvrage a été publié à Londres et à New York en 1968. Mais pas en URSS. Comme je te l'ai dit l'autre jour, les Soviétiques se méfiaient de Philby. Le livre n'est finalement sorti en Russie que beaucoup plus tard, en 1980. Et encore, dans une édition limitée. Quelques centaines d'exemplaires, exclusivement destinés aux membres du Comité central et à la hiérarchie du KGB. Pas vraiment un succès de librairie, si tu veux mon avis… Philby a dû en nourrir une terrible amertume.

Un cliquetis très amorti de couverts et d'assiettes les enveloppait alors qu'ils finissaient leur bouillon. Le Cloarec décréta qu'il avait encore faim et commanda des beignets de cervelle d'agneau. Turpin se contenta d'un verre de vodka bien frappée.

– Mais enfin, Hugues, reprit le diplomate. Il doit bien y avoir des récits sur la vie de Philby en Union soviétique. Des témoignages, je ne sais pas. Un quart de siècle, c'est tout de même une longue période.

– J'imagine, oui, si ton Sébastien Rouvre avait décidé d'en faire une thèse. Mais pour ma part, je n'en sais pas grand-chose. À part qu'il vivotait dans un petit appartement à Moscou ; que le KGB le surveillait d'assez près ; et qu'il a progressivement sombré dans l'alcoolisme. À ce que je sais, il avait toujours eu un sérieux penchant pour le whisky.

– Et tu sais si les Russes l'autorisaient à se déplacer à l'intérieur de l'URSS ?

– J'imagine que oui. Sous surveillance, bien sûr. J'ai lu quelque part qu'il avait donné des conférences en Allemagne de l'Est, ainsi qu'à Cuba. Je suppose qu'il avait le droit de voyager. Dans les frontières de l'univers communiste, pas au-delà.

Le Cloarec dut percevoir la frustration grandissante de Turpin. Il essuya ses lèvres fines, luisantes de graisse de mouton, à l'aide d'une serviette en papier et poussa un profond soupir.

– Écoute… Je vais essayer de te présenter quelqu'un qui en saura sans doute plus que moi.

– Qui donc ?

– Mon homologue britannique. C'est un vieux de la vieille, comme moi. Laisse-moi un peu de temps. Le convaincre de te parler va demander quelques efforts.

*

Le lendemain, Turpin tarda délibérément à rejoindre l'ambassade, que Mousquet avait maintenant transformée en camp retranché : la garde avait été doublée et des patrouilles inspectaient le périmètre de la mission à intervalles réguliers.

Il fit une halte au commissariat central et se fit offrir un café par l'inspecteur Shenguelia, auquel il raconta sa découverte sur le sujet de la thèse de Rouvre. Le jeune policier sombra d'abord dans un silence perplexe, puis remarqua :

– Cela fait sens, d'une certaine façon.

– Qu'est-ce qui fait sens ?

– Le fait que Rouvre se soit intéressé à des vieillards. Rapava, Natela, les Kartadze… Philby, c'est tout de même de l'histoire ancienne. Il est arrivé à Moscou en 1963. Sous le règne de Khrouchtchev. Il n'y a guère que des gens de leur génération qui soient capables d'évoquer cette époque. Comme ma grand-mère.

– Et les archives ?

– Mon collègue Lacha s'est déjà penché sur cet aspect. Juste après la mort de Rapava. Il ressort que, lorsque l'URSS s'est disloquée, à la fin de 1991, les Russes ont rapidement rapatrié toutes les archives du KGB des différentes républiques. Eltsine a tenté, à l'époque, de les faire placer sous le contrôle de l'administration présidentielle, mais il a échoué. Les organes successeurs du KGB se sont dépêchés d'en détruire une bonne partie. Le reste a été dispersé ici ou là. Mais toujours sous un étroit contrôle. Et il n'existe pas, en Russie, de loi autorisant la déclassification.

– Et les archives sur Philby, elles se trouveraient où, d'après vous ?

– Aucune idée. À ce que j'ai compris, les dossiers de la Première direction générale du KGB – c'était la structure en charge du renseignement extérieur, des agents clandestins – ne sont même pas entreposés avec le reste. Et il est quasiment impossible d'y accéder, encore aujourd'hui. J'imagine que le pauvre Rouvre a dû s'y casser les dents… Peut-être est-ce la raison pour laquelle, à un moment donné, il a cessé de se rendre en Russie.

Les deux hommes sirotèrent leur café en observant, à travers la baie vitrée, la vue de Mtatsminda qui se dressait devant eux. Il avait encore plu durant la nuit et, chauffée par le soleil de juillet, la « montagne sacrée » dégageait un nuage de vapeur poisseuse. Turpin demanda à tout hasard si la police avait fait de nouvelles découvertes.

– Pas grand-chose, admit Shenguelia à contrecœur. À part l'examen des caméras de surveillance du quartier où vivait Mme Grigolichvili, le matin du jeudi 25 juin.

– Qu'avez-vous vu ?

– On a récupéré les enregistrements de cinq caméras, trois qui appartiennent à des agences bancaires, une à un cabinet de dentiste, et une autre à une bijouterie. Elles ont toutes capturé les images d'un homme qui correspond à la description qu'en ont faite les voisins de Natela. Grand, athlétique. Entre 9 h 17 et 9 h 43.

– Et qu'est-ce qu'il fait, sur les images ?

– Il marche. Du pas d'un promeneur. On le voit d'abord passer dans la rue Abachidze. Puis, un peu plus tard, dans la rue Paliachvili. Il marche vers l'ouest.

– Vers le parc de Vaké ?

– Oui, c'est ça. C'est dans ce coin-là qu'on le perd, d'ailleurs. Rien de bien utile, comme vous pouvez le constater. Arrivé vers le parc, il a très bien pu prendre un taxi. Ou monter dans un bus sur l'avenue Tchavtchavadze.

Turpin se leva pour prendre congé. Au moment de quitter le commissariat, il posa une dernière question qui l'obsédait depuis deux jours.

– Inspecteur, auriez-vous le moyen de vérifier si les Kartadze ont vraiment quitté la Géorgie le 29 juin ?

Shenguelia le regarda, interloqué.

– Vous pensez qu'ils auraient pu feindre leur départ vers la Russie ?

– Je ne sais pas… Je me demandais…

– En théorie, c'est possible de vérifier cela. Vous connaissez le nom de jeune fille de Mme Kartadze, à tout hasard ?

– Je crois que c'est Nina Sergueïevna Pavlova.

– Laissez-moi quelques jours. Je vais interroger mes collègues de la police des frontières.

*

Le rendez-vous promis par Le Cloarec se matérialisa le mercredi 8 juillet en fin d'après-midi. Un mois entier s'était écoulé depuis la mort de Sébastien Rouvre, et Turpin se sentait à nouveau gagné par le découragement. Il avait parfaitement compris, en discutant avec Shenguelia deux jours plus tôt, que la police géorgienne piétinait.

Physiquement, le personnage qui lui fut présenté ne pouvait pas moins correspondre à l'image que se faisait Turpin d'un vieil espion britannique. Il s'était attendu à une silhouette haute et dégingandée, drapée dans un imperméable gris, du genre furtif qu'on croise dans les romans de John le Carré. Mais Rupert Oakley-Blythe était petit, rondouillard, et du genre plutôt loquace. Sa seule concession visible aux rites de la clandestinité avait consisté à exiger que la rencontre se déroule à l'air libre, loin des oreilles indiscrètes, dans un lieu à l'écart de l'agitation de la capitale. Le Cloarec avait choisi le lac de Lissi, un plan d'eau ceint d'un chemin de terre praticable, à vingt minutes du centre de Tbilissi. Les trois hommes entreprirent, à pas lents, de faire le tour du lac, à bonne distance des quelques pédalos qui sillonnaient sa surface grisâtre.

– Je dois d'abord vous dire, commença Oakley-Blythe, que je n'ai personnellement jamais rencontré Kim Philby. J'ai rejoint le MI6 en 1976. Il avait fait défection depuis longtemps. Mais j'ai bien sûr côtoyé, au début de ma carrière, des gens qui l'avaient connu. Et puis, dans ces années-là, la communauté britannique du renseignement était encore traumatisée par l'affaire Philby. On en parlait toujours beaucoup. Vous n'imaginez pas les ravages que cette histoire a causés. Chez nous. Aux États-Unis...

En dépit de son allure de boutiquier du sud de Londres, l'homme parlait un anglais très *upper class*, affectant ici ou là, au détour d'une phrase, un léger bégaiement. Turpin dut faire un effort pour le suivre.

– Que pouvez-vous me dire sur sa vie à Moscou ? tenta-t-il.

Oakley-Blythe haussa les épaules.

– Pour autant que je sache, il a rapidement déchanté. Ses maîtres soviétiques lui avaient fait croire, avant sa défection, qu'il avait atteint le rang de colonel au sein du KGB. Il a vite compris, une fois sur place, qu'il n'en était rien. Les Russes se méfiaient de lui.

L'espion britannique s'arrêta un instant de marcher pour contempler un vol de cigognes qui se déployait au-dessus du lac. On apercevait au loin, sur le sommet d'une colline, un vieil hôtel vide aux formes anguleuses.

– Il faut bien comprendre une chose. Avant sa défection, Kim Philby n'avait jamais eu d'expérience de première main des pays communistes. Sur cet aspect, je suis assez d'accord avec ce qu'a écrit Graham Greene. Philby était un idéaliste. Il avait embrassé très jeune la cause du communisme, comme un grand nombre d'intellectuels progressistes de l'entre-deux-guerres. Mais, pour lui comme pour d'autres, c'était resté une idée. Une abstraction. Je crois qu'il a subi un véritable choc à son arrivée à Moscou, en découvrant les difficultés de la vie quotidienne en Union soviétique. Les pénuries. La surveillance constante de la population par les organes. Et puis, songez-y. Quand il a gagné la Russie, à la fin janvier 1963, Nikita Khrouchtchev était encore au pouvoir. Moins de deux ans plus tard, la vieille garde stalinienne l'a évincé pour placer Léonid Brejnev à la tête du pays. Fini, le dégel. Le pays s'est replié sur lui-même. La répression des dissidents s'est durcie. Philby a vécu tous ces événements aux premières loges. *Must have been rather depressing.*

– Vous savez dans quelles conditions il vivait, à Moscou ?

Oakley-Blythe haussa de nouveau les épaules.

– Pas trop mal, à l'aune des conditions de vie en URSS. Mais enfin, d'après les Occidentaux qui ont eu le droit de l'approcher, ça n'était tout de même pas très luxueux. Les Russes lui avaient assigné un petit appartement dans le quartier de l'Étang du Patriarche. Si vous connaissez un peu Moscou, c'est à dix minutes à pied de la station de métro Maïakovskaïa. À l'époque, du reste, ça s'appelait l'Étang des Pionniers. Ça n'est pas très loin de la Loubianka, le siège du KGB. À une demi-heure de marche. Le paradoxe, c'est que Philby n'y a quasiment jamais eu accès.

Il eut un rictus condescendant. Turpin crut y déceler une nuance de compassion.

– Imaginez-vous ce qu'a pu être son existence, une fois là-bas… L'isolement, la méfiance. Les Russes lui livraient des exemplaires du *Times* vieux de plusieurs semaines. À ce qu'ont raconté des amis qui lui ont rendu visite, l'Angleterre lui manquait. Des petits riens. Il suppliait ses visiteurs de lui apporter des produits typiquement britanniques. De la moutarde de chez Colman's. Des petits pots de Marmite.

Turpin frémit à l'évocation de telles tortures alimentaires qui, chez un Français, auraient justifié toutes les trahisons du monde. Le Cloarec semblait sur le point de vomir.

– Et qu'en était-il de sa vie amoureuse ? s'aventura Turpin.

Oakley-Blythe s'esclaffa.

– *A very good question indeed.* Kim Philby était... Comment dites-vous en français ? *Une chaude lapin ?*

– Un chaud lapin, répondit Turpin en souriant.

– *Right.* Un chaud lapin. Vous savez qu'il s'est marié quatre fois ? La première fois, c'était à Vienne, en 1934. Avec une jeune Juive autrichienne. Une certaine Litzi Kohlman. À ce qu'on sait, c'est elle qui l'a initié aux mystères du sexe et du communisme. Avec un plein succès dans les deux domaines.

– C'est le moins qu'on puisse dire ! ricana Le Cloarec, qui flanqua un coup de pied dans une motte de terre pour marquer son approbation.

– Après cela, à partir de 1940, il s'est mis à vivre avec une Anglaise, du nom d'Aileen Furse, qu'il a épousée en 1946. Ils ont eu cinq enfants. Mais cette femme était affligée de sérieux problèmes psychologiques. Elle a fini par sombrer dans l'alcoolisme, et ils se sont progressivement éloignés. Apparemment, le comportement de Philby n'était pas pour rien dans la dégradation de sa santé mentale... Je crois qu'elle est décédée en 1957.

Ils étaient parvenus à l'extrémité du lac, et avaient maintenant le soleil dans le dos. L'agent britannique s'appuya un moment contre un grand chêne. Il semblait jouir de l'attention studieuse que lui manifestaient les deux Français. Les trois hommes transpiraient abondamment. Oakley-Blythe ôta son veston et Turpin observa, sous ses aisselles, de larges auréoles de sueur.

– Une fois à Beyrouth, quand il était journaliste, il a piqué la femme d'un confrère. Une Américaine. Eleanor Brewer. Elle était l'épouse du correspondant du *New York Times*. Il l'a amenée à divorcer, et ils se sont mariés en 1959. C'est elle qu'il a plantée, ce fameux soir de janvier 1963, quand il a pris la fuite pour l'Union soviétique. La pauvre. Elle a dû tomber de haut. Elle n'avait aucune idée de la double vie de son mari.

– Ils ne se sont jamais revus ? demanda Turpin.

– Si, figurez-vous. Elle lui a rendu visite à Moscou plusieurs fois. Je crois qu'elle nourrissait vaguement le projet de s'y installer avec lui. Mais en 1964, cet animal de Philby avait entamé une liaison avec la femme de Donald Maclean. Vous savez peut-être... Maclean avait fait défection en 1951. Ils se sont retrouvés derrière le « rideau de fer ».

Turpin se souvint du récit que lui avait fait Le Cloarec de ce premier scandale d'espionnage, qui avait coûté sa carrière à Philby. La fuite de Maclean et d'un autre agent double, avec l'aide de Kim. Le vapeur pour Saint-Malo... Toutes ces histoires s'emboîtaient les unes dans les autres.

– Melinda Maclean, poursuivait Oakley-Blythe. Ça n'a pas duré très longtemps, à vrai dire. Mais Eleanor a découvert la liaison. Elle a alors rompu avec Philby, pour retourner aux États-Unis. Je crois qu'ils ne se sont plus jamais revus.

– Et la quatrième et dernière épouse ?

Oakley-Blythe les tenait en haleine. Il avait repris sa marche lente, et les deux Français le suivaient à petits pas.

– Vous voyez, c'était tout Kim Philby, ça. Le goût pour la dissimulation, la trahison. C'était plus fort que lui. À Beyrouth, il avait jeté son dévolu sur la femme d'un confrère. À Moscou, à peine arrivé là-bas, il s'est mis à coucher avec l'épouse d'un de ses plus vieux amis... Enfin. Toujours est-il qu'en 1970, il a rencontré une autre femme. Une Russo-polonaise, du nom de Roufina Ivanovna Poukhova, de vingt ans sa cadette. On pense que c'est le KGB qui la lui a mise entre les pattes. Il l'a épousée en 1971, et elle est restée avec lui jusqu'à sa mort, en 1988. C'est sans doute la femme avec laquelle il a vécu le plus longtemps.

– Elle est encore de ce monde ? s'enquit Turpin.

– C'est possible. Je l'ignore. En 1999, elle a publié un récit. *The Private Life of Kim Philby*. Sur les années moscovites de son mari. J'en ai parcouru une traduction quand il est sorti. Mais ça ne contenait pas grand-chose d'intéressant pour le service que je représente. Aucune révélation. Rien sur sa vie d'agent double. Roufina s'était focalisée sur leur vie de couple. Dans mon souvenir, elle raconte comment, peu à peu, elle l'a aidé à guérir de son alcoolisme. Des choses dans ce genre. Il faut dire qu'il devait être bien abîmé quand elle l'a rencontré.

Il s'interrompit à nouveau. Turpin réfléchissait. Y avait-il une chance que Sébastien Rouvre se soit rendu à Moscou pour y rencontrer cette Roufina ? Vivait-elle encore ? Figurait-elle parmi les *sources soviétiques* qu'avait évoquées le professeur Tremblay ? Comment savoir ?...

– *But you see, there is a gap*, lâcha Oakley-Blythe l'air de rien.

– Que voulez-vous dire ? réagit Le Cloarec. Il y a un vide ? Un vide dans quoi ?

– Philby a publié ses mémoires en 1968. Le récit de sa dernière femme commence en 1970. Il y a donc un vide, oui. Un écart d'environ deux années, au cours desquelles on perd Philby de vue. Tout ce qu'on sait, c'est qu'il n'allait pas très bien à ce moment-là. Je crois qu'il a carrément dévissé. Le KGB le collait de très près. Il était seul. Déçu de la vie qu'on lui offrait en territoire soviétique. Il buvait comme un trou. Des rumeurs ont circulé. Il aurait tenté de s'ouvrir les veines. Des histoires dans ce genre.

La lumière déclinait doucement, et les pédalos dispersés sur le lac commençaient à regagner leur base. Oakley-Blythe ramassa quelques galets sur la rive et entreprit de faire des ricochets, sans grand succès. Turpin profita de cette interruption pour poser une question qui lui trottait dans la tête depuis plusieurs jours :

– Et pourquoi, d'après vous, les Russes se méfiaient-ils tant de Philby après sa défection ? Avaient-ils des raisons objectives de le croire agent triple ?

Le Britannique émit un petit rire gras.

– Ça, mon ami, c'est la question à cent mille roubles. Ce que je peux vous dire, d'emblée, c'est que personne au sein du MI6 n'a jamais donné foi, devant moi, à une telle hypothèse. Pour tous les agents qui m'en ont parlé, Philby avait trahi, un point c'est tout. Mais pour comprendre l'état d'esprit des Russes à cette époque-là, il faut être capable de se figurer ce qu'a été la guerre froide. Le niveau de paranoïa que les deux camps avaient atteint. La défection de Kim Philby a représenté, à cet égard, un point culminant. Pour nous, à Londres, ce fut un désastre absolu. La crédibilité de nos services secrets mit des années à s'en remettre. Aux États-Unis, dans un sens, ce fut pire encore. Parce que Philby avait servi à Washington et embobiné tout le monde là-bas aussi. Son grand ami dans la capitale américaine, James Jesus Angleton, dirigeait le service de contre-espionnage de la CIA quand Philby partit à Moscou. Le choc fut tellement grand qu'Angleton se mit à voir des agents doubles partout autour de lui. Il déclencha une chasse à la taupe d'une telle ampleur qu'il finit par déstabiliser l'Agence de l'intérieur. Vous voyez, l'onde de choc de cette affaire dura des années…

Comme pour symboliser son propos, il jeta un caillou dans l'eau et les trois hommes contemplèrent, hypnotisés, les vaguelettes circulaires qui s'agrandissaient autour du point d'impact.

– Chez les Russes, la paranoïa régnait à tous les étages. Bien sûr, la défection de Philby a représenté pour eux un triomphe international de premier ordre. À première vue, en tout cas. Mais très vite, cette affaire s'est mise à les ronger, eux aussi. Et il y avait un aspect singulier qui les dérangeait. C'est la facilité avec laquelle Philby a pu quitter Beyrouth. Et là-dessus, moi aussi, j'ai un doute. Comme vous le savez peut-être, les services britanniques avaient fini par se convaincre, en 1962, après la défection du major Golitsyne, de la duplicité de Philby. Ils dépêchèrent au Liban une équipe chargée de lui arracher des aveux, en échange d'une forme d'immunité. Mais sans vraiment mettre la main sur lui. Philby joua au chat et à la souris durant quelques jours, puis disparut. Certains pensent aujourd'hui que le MI6 l'a peut-être incité à faire défection.

– Comment cela ? s'indigna Le Cloarec. Dans quel but ?

– Pour s'épargner l'indignité d'une situation où Philby, rentré à Londres et laissé libre de ses mouvements, aurait pu raconter des choses fort embarrassantes. Réfléchissez. Toutes ses trahisons étalées au grand jour... Sous cet angle, on peut concevoir que sa défection ait été la meilleure option pour tout le monde. La tentation de le laisser emporter tous ses secrets... Attention. Je ne dis pas que c'est ce qui s'est passé. Mais c'est une hypothèse. Quoi qu'il en soit, le MI6 a laissé filer Philby. Et les Soviétiques étaient évidemment fondés à se demander pourquoi. Leur paranoïa naturelle aidant... Vous imaginez le reste. On parle des années 1960. La construction du Mur de Berlin en 1961. La crise des missiles à Cuba en 1962. La tension était à son comble entre les deux blocs quand Philby a gagné Moscou, en janvier 1963. Et les Russes avaient une aptitude stupéfiante à s'auto-intoxiquer. Ils évoluaient à travers une « forêt de miroirs », pour reprendre la célèbre expression d'Angleton, dont je vous parlais tout à l'heure. Il arrive un moment où on ne sait plus qui est qui. On finit par croire à ses propres mensonges. C'est ça, le risque majeur de l'espionnage. Et Philby en a fait les frais, à son entrée en URSS.

Ils avaient achevé le tour du lac et regagné leur point de départ. Ils s'immobilisèrent quelques instants sur un ponton, les bras ballants, à proximité du hangar où on rangeait les pédalos. Turpin se dit qu'ils devaient avoir l'air suspect. Trois hommes d'âge mûr, en costume-cravate, au bord d'un plan d'eau fréquenté par les estivants. Les espions avaient décidément d'étranges façons de se rendre invisibles.

– *There is one thing...*

Oakley-Blythe se dandinait et semblait hésiter, alors que les deux Français s'apprêtaient à le raccompagner jusqu'à sa voiture.

– Pour être complet. Sur cette hypothèse de Philby en tant qu'agent triple. Je me dois de vous dire que les Russes ne sont pas les seuls à l'avoir pensé.

Turpin dressa l'oreille.

– Il faut savoir qu'au tournant des années 1990, la veuve de Philby, cette Roufina Poukhova, s'est résolue à vendre les papiers de son défunt mari. Elle devait avoir besoin d'argent. Elle a donc confié à Sotheby's tout ce que Philby avait amassé durant vingt-cinq ans à Moscou. Notes, manuscrits, journaux intimes. Sa correspondance avec Graham Greene. Il y avait même plusieurs chapitres non publiés de ses mémoires. Les segments expurgés par le KGB. Et cette vente a relancé les polémiques. Les théories. Je me souviens d'avoir lu un très long article sur le sujet dans le magazine du *New York Times*. En 1994, si j'ai bonne mémoire. Un article très enchevêtré, à vrai dire. Qui émettait plusieurs hypothèses.

– Quelles hypothèses ?

– L'une d'elles, avancée par un historien britannique spécialiste de l'espionnage, fait de Philby le cœur d'une opération très subtile menée par Londres dès les années 1940. En gros, les services secrets, parfaitement au courant de l'engagement communiste précoce de Philby, l'auraient utilisé tout au long de la guerre pour désinformer les Russes.

– À son insu ?

– Pas forcément. Le même historien laisse entendre qu'une fois à Moscou, Philby aurait continué à rendre des services au gouvernement britannique. Il lui attribue en particulier, au début de la Perestroïka, l'envoi d'analyses secrètes qui auraient convaincu Margaret Thatcher de faire confiance à Gorbatchev. Des choses comme ça.

– Et vous ? Vous y croyez ?

– Sincèrement, non. Mais les théories de ce genre se sont multipliées. À ce qu'on sait, Graham Greene en a eu des sueurs froides dans les derniers mois de sa vie, en 1991. Lui qui avait engagé sa réputation pour encenser Philby dans son rôle de chevalier servant du communisme... Il y a une autre théorie, qui a trait à l'épisode de Beyrouth. Lorsque Londres a dépêché sur place une mission pour mettre Philby au pied du mur, juste avant sa défection. C'est sans doute l'hypothèse la plus tordue.

– Ah bon ? Que dit-elle ?

Oakley-Blythe se remit à rire.

– Vous avez l'air consterné, monsieur Turpin. Soyez le bienvenu dans l'univers de l'espionnage ! C'est une hypothèse qui veut que Philby ait été retourné à ce moment-là. Et que la prétendue confrontation avec les agents venus de Londres ait été conçue dans le seul but d'enfumer les Russes. Pour les convaincre que Philby devait être embarqué à Moscou séance tenante... Vous voyez, les combinaisons sont infinies. Mais je ne crois pas non plus à celle-ci.

Il tendit la main à ses deux interlocuteurs pour les saluer. Avant d'ajouter, en guise de mot d'adieu :

– Ce qu'on sait, en revanche, depuis l'effondrement de l'URSS et les témoignages d'anciens officiers du renseignement soviétique qui se sont mis à table, c'est que les Russes soupçonnaient Philby d'être un agent triple depuis fort longtemps. On a appris qu'en 1948, un rapport interne du KGB avait conclu qu'il était une taupe. Le ver était dans le fruit bien avant que Philby ne passe à l'Est…

Ils regardèrent la voiture de l'Anglais quitter le parking dans un nuage de poussière. Turpin se sentait littéralement essoré. Il n'était pas certain d'avoir clarifié ses connaissances sur l'affaire Philby…

Comme s'il avait voulu l'emberlificoter davantage, Le Cloarec se mit à marmonner.

– Qu'est-ce que tu dis ?

– René, tu as pensé à une chose ?

– Quoi ?

– La police ne trouvera peut-être jamais l'assassin de Sébastien Rouvre.

Turpin, interloqué, le regardait en s'épongeant le front à l'aide d'un mouchoir.

– Que veux-tu dire ? Tu as décidé de t'exprimer par énigmes ?

– Ce que je veux dire, c'est que je commence à avoir de bonnes raisons de croire que le meurtrier de Rouvre, Rapava et Grigolichvili ne sera pas attrapé. Ce n'est même plus l'enjeu principal de l'enquête en cours.

– Quelles bonnes raisons ? Où veux-tu en venir ?

– Il est encore trop tôt pour que je t'en parle. Mais ce qui importe, désormais, c'est de savoir ce que Rouvre avait découvert. Sur Philby. C'est ça qui compte.

Le Cloarec rejoignit à son tour son véhicule, laissant derrière lui un Turpin plus désemparé que jamais.

9

Le vendredi 10 juillet se produisit enfin un tournant, aussi stupéfiant qu'inattendu. Assis dans son bureau, largement désœuvré, Turpin se préparait déjà mentalement à un autre week-end cafardeux quand il reçut d'abord un coup de fil de l'inspecteur Shenguelia.

– Monsieur Turpin, j'ai pu vérifier avec mes collègues de la police des frontières. Désolé, cela a pris un peu de temps.

– Alors ? Qu'ont-ils pu établir ?

– Apparemment, les Kartadze n'ont pas quitté le sol géorgien. Par la voie légale, en tout cas. Aucune trace de leur passage à l'aéroport de Tbilissi le 29 juin, ni les jours suivants. J'ai aussi demandé à ce qu'on vérifie au poste-frontière de Zemo Larsi. C'est le seul accès terrestre entre la Géorgie et la Russie. Aucune trace non plus. Pas plus qu'aux points de passage vers l'Azerbaïdjan, l'Arménie et la Turquie. Non, ils sont toujours là. J'imagine qu'ils se cachent quelque part. À moins qu'ils n'aient franchi une frontière clandestinement. Mais ça paraît douteux, vu leur âge. Notre pays est cerné par les montagnes.

Le diplomate n'eut pas le temps de réfléchir à ce qu'il venait d'apprendre. À peine avait-il raccroché que son téléphone se remit à sonner. Le nom de Weber, le consul, s'afficha sur l'écran numérique de son combiné.

– Oui, Antoine ?

– René… Nous venons d'ouvrir la valise diplomatique arrivée ce matin.

– Qu'y a-t-il ? s'alarma Turpin. Quelqu'un l'a ouverte avant vous ?

– Non… Non… Ce n'est pas ça. Mais nous y avons trouvé un pli… Je ne sais…

– Quoi ? De quoi s'agit-il ? Vous pensez à un colis piégé ?

– Non. Ce n'est pas ça non plus… Vous feriez mieux de descendre et de voir par vous-même.

– J'arrive. Appelez aussi Le Cloarec si c'est un problème de sécurité.

Le vieil espion était déjà là quand Turpin, parvenu au sous-sol, pénétra dans le petit bureau du courrier. Il contempla le plan de travail où se trouvaient encore un sac postal tricolore et des scellés brisés. Weber avait déjà constitué plusieurs piles de correspondances officielles, triées en fonction des services destinataires, ainsi qu'un tas de plis timbrés qui formait le courrier personnel dévolu aux agents du poste. D'une main revêtue d'un gant en plastique, il désigna une enveloppe jaune, qu'il avait isolée du reste.

– Regardez, René.

Turpin se pencha, et vit qu'il s'agissait d'une enveloppe rembourrée. L'adresse du destinataire avait été écrite à la main.

M. Sébastien ROUVRE
Aux Bons Soins de l'Ambassade de France à Tbilissi (Géorgie)
S/C de la Valise Diplomatique
13 rue Louveau
92438 CHÂTILLON CEDEX – FRANCE

Il retint son souffle. Weber retourna l'enveloppe et il se pencha de nouveau.

Expéditeur : S. Rouvre – Complexe Souliko – Tbilissi

Turpin se redressa en écarquillant les yeux. Les trois hommes restèrent cois durant un long moment. Puis Le Cloarec pointa l'enveloppe à son tour.

– Regarde le cachet de la poste.

Il chaussa ses lunettes et examina le pli de plus près. Le timbre, à la gloire d'un cépage géorgien, figurait une grappe de raisin noir sur un fond de feuilles de vigne. Il dut plisser les yeux pour déchiffrer l'oblitération. Le Cloarec le prit de vitesse :

– Tu lis ? Le 5 juin 2009… Il a mis cette enveloppe au courrier trois jours avant son assassinat.

Turpin se sentait un peu chancelant. Il s'affala sur une chaise pour réfléchir à haute voix.

– Mais qu'est-ce que ça veut dire ? Il a utilisé l'ambassade comme poste restante ?

– Sans doute. Ça y ressemble. Soit pour mettre quelque chose à l'abri, car il savait que la valise diplomatique est inviolable. Soit pour nous adresser un message. Peut-être les deux.

– Mais pourquoi ce pli n'arrive-t-il ici que maintenant ? Plus d'un mois après…

Weber intervint :

– Les Postes géorgiennes sont très lentes. Surtout vers l'étranger. Il faut compter au moins deux semaines pour qu'une lettre parvienne en France. De notre côté, la valise n'arrive ici que deux fois par mois. Tu sais bien, les restrictions budgétaires… L'envoi de Rouvre a dû rester en carafe à Châtillon un bon bout de temps.

Le Cloarec enfila des gants de chirurgien et palpa l'enveloppe.

– Il y a un petit objet à l'intérieur. De trois ou quatre centimètres de long. J'ai du matériel, en haut, pour ouvrir les plis suspects. Si ça te va, retrouve-moi dans vingt minutes.

*

Il régnait une atmosphère de conspiration sous les combles occupés par la DGSE. Le Cloarec semblait dans son élément quand Turpin le rejoignit.

– Alors ? Qu'est-ce que c'est ?

– Une clé USB. Rouvre avait dû l'acheter à Moscou. Elle a la forme d'une minuscule effigie de Staline. Drôle d'humour, quand on songe que le Petit Père des peuples détestait partager ses secrets… Je viens de l'introduire dans un ordinateur portable que j'utilise pour les périphériques reçus de l'extérieur. Il n'est connecté à rien. Regarde. La clé contient trois fichiers. Ce sont des enregistrements audio.

– Il n'y avait rien d'autre dans l'enveloppe ? Aucun papier ?

– Non, seulement cette clé USB. On écoute le premier ficher ?

Turpin acquiesça d'un hochement de tête. Il sentit qu'une anxiété diffuse s'immisçait en lui. Le Cloarec cliqua sur la première icône en forme de haut-parleur, intitulée 1-RIPP. mpg

Au début, ils n'entendirent que des bruits assourdis, semblables à des frôlements d'habits. Puis, soudain, une voix masculine retentit, aussi clairement que si un troisième homme s'était trouvé avec eux dans le bureau sous les toits. La voix s'exprimait en anglais.

Enregistrement commencé à Moscou le samedi 22 novembre 2008, à 15 h 30, avec Roufina Ivanovna Poukhova Philby.

- Bonjour madame Philby. Dois-je vous appeler ainsi ? Ou préférez-vous madame Poukhova ?

- Madame Philby, s'il vous plaît.

- Je suis Sébastien Rouvre, et vous avez accepté de me parler de votre défunt mari, dans le cadre de mes travaux universitaires.

Turpin intima à Le Cloarec d'interrompre la lecture de l'enregistrement. Il se sentit gagné par une émotion indéfinissable. La voix qu'il venait d'entendre était celle de l'étudiant assassiné début juin, l'homme qu'il avait lui-même porté en terre… Et voilà qu'elle retentissait depuis la tombe, forte et juvénile, pleine d'entrain… Quant à l'autre voix, celle d'une vieille dame, elle appartenait à la veuve de Philby. Elle vivait donc encore, et Rouvre l'avait retrouvée… Il fallut à Turpin quelques instants pour reprendre ses esprits, avant de faire signe à l'espion de continuer.

SR : Madame Philby, commençons par le commencement. Quand avez-vous rencontré Kim Philby ?

RP : C'était au printemps 1970. Je ne me souviens plus exactement de la date.

SR : Qui vous a présentés ?

RP : George Blake. C'était aussi un agent britannique qui travaillait pour l'Union soviétique. Il avait fait défection en 1966, après s'être évadé de prison. Il m'a présentée à Kim lors d'une soirée au Bolchoï. Ce soir-là, on y donnait *Giselle*. Le ballet. Après, nous sommes tous les trois allés dîner au restaurant Aragvi. C'était un restaurant géorgien très célèbre, dans la rue Tverskaïa. Kim appréciait beaucoup la gastronomie géorgienne.

SR : Comment avez-vous trouvé Kim Philby, cette première fois ?

RP : Je l'ai trouvé drôle. Il racontait des histoires amusantes, qui m'ont fait rire. Mais il buvait beaucoup. Trop. On sentait une grande tristesse, au fond de lui.

SR : Madame Philby, pardonnez-moi d'aller droit au but. Kim Philby était-il étroitement surveillé ?

Il y eut comme une hésitation. Turpin perçut un bruit d'ustensiles de vaisselle qui s'entrechoquent. La vieille dame devait servir le thé à son jeune visiteur. Il l'imagina manipulant un antique service issu de la manufacture impériale de Lomonossov. Comme pour le démentir, la voix de Roufina revint :

RP : Vous voyez ce service à thé anglais ? Le KGB nous l'a offert pour notre mariage. C'est du Wedgwood... Comme quoi. C'est tout de même la preuve qu'ils l'estimaient. Mais, oui, bien sûr, ils le surveillaient. Surtout au début. Les quinze premières années, Kim ne pouvait pas faire un pas dehors sans être accompagné.

SR : Pourquoi, à votre avis ?

RP : Ils prétendaient toujours que c'était pour le protéger. Qu'ils redoutaient que les services britanniques ne tentent de l'enlever, ou de le tuer. Pour se venger, vous savez...

SR : Pensez-vous possible que le KGB ait soupçonné votre mari d'être un agent triple, voire de vouloir repasser à l'Ouest ?

Il y eut un autre silence, et Turpin crut deviner un soupir agacé. Des bruits de porcelaine retentirent à nouveau.

RP : Vous savez... Kim détestait qu'on le qualifie d'agent double. Alors, agent triple...

SR : Comment cela ?

RP : Pour Kim, un agent double, c'était quelqu'un qui se vend au plus offrant. Quelqu'un susceptible de changer de camp du jour au lendemain. Lui-même considérait qu'il n'avait été loyal qu'envers l'Union soviétique. D'ailleurs, c'est vrai, si vous y songez vraiment. Les Russes l'avaient recruté bien avant que les Britanniques ne s'intéressent à lui. De ce point de vue, il n'a jamais changé de maître.

SR : Vous êtes sûre que le KGB voyait les choses ainsi ?

RP : Sans doute pas. Cela dépend avec qui vous parlez. Au début des années 1970, il a eu un officier traitant qui se méfiait ostensiblement de lui. Un Géorgien, qu'il avait d'abord rencontré là-bas, à Tbilissi, et qui est ensuite venu travailler à Moscou. En 1972, si je me souviens bien. Cet homme-là se méfiait terriblement de Kim. Je crois bien qu'il le soupçonnait d'être un agent triple.

SR : Comment s'appelait-il ?

RP : Rapava. Levan Rapava... Un sinistre individu. Comme seuls les Géorgiens peuvent l'être. Violent. Tordu. Vicieux. Il ne lâchait pas Kim d'une semelle.

SR : Il vit encore ?

RP : C'est bien possible. Les crapauds ont la vie dure. Mais il doit être très vieux.

SR : Vous dites qu'ils s'étaient connus en Géorgie ?

RP : Oui. Avant de me rencontrer, Kim avait fait plusieurs voyages là-bas. Pour y donner des conférences, des choses dans ce genre. En 1969, je crois qu'il s'y est rendu au moins trois fois.

SR : Madame Philby… Vous disiez à l'instant… « Ça dépend avec qui vous parlez. » Qu'entendiez-vous par là ?

RP : J'ai connu d'autres agents du KGB plus enclins à croire en la loyauté communiste de Kim. À partir de 1974, il s'est lié d'amitié avec un autre officier du KGB. Mikhaïl Lioubimov. C'était le chef adjoint du département anglo-scandinave à la Loubianka. Un gentil monsieur. Lui, il a toujours été convaincu que le KGB maltraitait mon mari. Je crois qu'il a œuvré, par la suite, à les persuader de relâcher la pression sur lui. Jusque-là, Kim vivait, en quelque sorte, en résidence surveillée. Vers la fin des années 1970, les choses se sont un peu améliorées…

L'enregistrement s'interrompit subitement. Turpin crut à un problème technique mais Le Cloarec lui fit comprendre d'un geste vif – en passant sa main devant sa gorge – qu'ils étaient arrivés au bout du premier fichier. Il lui jeta un regard en coin.

– On en écoute un autre ? Tu es prêt ?

Turpin acquiesça en soupirant. Le vieil espion avala une galette bretonne à la vitesse de l'éclair et cliqua sur la seconde icône, que Rouvre avait nommée 2-LR.mpg.

Ils reconnurent la voix du jeune homme. Mais cette fois-ci, il s'exprimait en russe. Le Cloarec mit en pause et se leva.

– Attends. On nous a livré récemment un logiciel de traduction automatique. C'est un prototype mais ça marche plutôt bien. Laisse-moi quelques minutes.

Turpin, pensif, le regarda s'affairer parmi un monceau de câbles et de disquettes. Il se demandait avec inquiétude où allaient les entraîner ces bandes-son posthumes. Il ferma les yeux et une image nauséeuse se présenta à lui, celle d'une profonde cage d'escalier peuplée de spectres : depuis le palier où il se trouvait, il apercevait le jeune Rouvre conduisant ses entretiens à l'étage en dessous ; et, beaucoup plus bas dans la spirale du temps, des personnages furtifs vêtus à la mode des années 1960, en imperméable et chapeau mou…

– Ça y est, reprit Le Cloarec en interrompant sa rêverie. Voyons ce que ça donne.

Une voix synthétique, dénuée d'intonations, résonna dans la pièce.

Enregistrement commencé à Tsitelsopeli, Géorgie, le samedi 2 mai 2009 à midi, avec Levan Rapava.

- Bonjour, monsieur Rapava, merci de me recevoir. Je suis Sébastien Rouvre, et cet entretien s'inscrit dans le cadre de mes recherches universitaires. Puis-je vous poser quelques questions ?

- Oui, je vous en prie.

De nouveau, Turpin éprouva un curieux malaise en entendant ces deux voix artificielles, désincarnées, qui appartenaient à des morts. On eût dit qu'ils grimaçaient depuis l'au-delà.

SR : Monsieur Rapava, quand et comment avez-vous rencontré Kim Philby ?

LR : Vers la fin de l'année 1968. Je dirigeais le KGB de Géorgie depuis quelques mois seulement. Le siège, à Moscou, m'a prévenu que Philby viendrait passer trois ou quatre jours à Tbilissi, où il devait donner une conférence devant les membres du Comité central. La Loubianka m'a chargé d'organiser tous les aspects de son séjour. Sécurité, logement, divertissement, interprétariat.

SR : Où logeait-il ?

LR : À l'hôtel Iveria. Le plus luxueux à l'époque. Il avait été construit l'année précédente. C'est aujourd'hui l'hôtel

Radisson, que vous devez connaître. Au bout de l'avenue Roustaveli.

SR : Comment s'est passé ce séjour ?

LR : Bien. J'avais reçu instruction d'être aux petits soins avec lui. Le Parti a organisé un banquet, ainsi que l'Union des écrivains. Il appréciait beaucoup la nourriture de notre pays. Il buvait énormément. Du vin. De la vodka. Mais bon... Pas forcément plus que les Russes ou les Géorgiens, en fin de compte. Nous l'avons promené un peu hors de Tbilissi. Je lui ai assigné deux interprètes, des jeunes femmes membres du Parti. Je crois qu'elles vivent encore. Nina Kartadze et Natela Grigolichvili. Elles l'accompagnaient partout. Le séjour classique, quoi.

SR : Sa veuve, Mme Roufina Philby, m'a dit que Kim Philby avait fait plusieurs voyages en Géorgie.

LR : C'est exact. Après ce premier séjour, il a demandé à venir encore trois fois. Au printemps 1969. Je n'ai plus les dates précises en tête. C'est ça qui a fini par nous sembler bizarre.

SR : Que voulez-vous dire ?

LR : Eh bien... Le fait qu'il demande à se rendre en Géorgie aussi souvent. La Loubianka a trouvé cela suspect. C'est alors que le siège, à Moscou, m'a fait passer un rapport.

SR : Quel rapport ? Un rapport sur quoi ?

LR : À vrai dire, ce n'était qu'un morceau de rapport. Sur les activités de Kim Philby avant sa défection. Quand il travaillait pour les services secrets britanniques. Il était écrit qu'il avait été en poste à Istanbul, de 1947 à 1949. Et qu'à cette époque-là, il avait organisé des opérations... Des infiltrations antisoviétiques à la frontière entre la Turquie et la Géorgie. C'est cela qui inquiétait la Loubianka.

SR : Qu'est-ce qui préoccupait la Loubianka ?

LR : Qu'il connaisse aussi bien la topographie de cette frontière. Je suis sûr que vous voyez ce que je veux dire... C'est assez... évident.

SR : Le KGB le soupçonnait de vouloir... ?

LR : Oui, c'est ça. Tous ces voyages en Géorgie. Sa connaissance intime de la zone frontalière... Ils redoutaient qu'il n'essaie de repasser de l'autre côté du « rideau de fer ». Moscou m'a demandé de le surveiller de près. J'ai passé la consigne à mes hommes, ainsi qu'aux deux interprètes, qui m'ont dit avoir aussi des doutes... Quoi qu'il en soit, au bout du quatrième voyage, vers le mois de juin 1969, la Loubianka a décidé d'arrêter les frais. Philby n'est plus revenu en Géorgie. Mais je l'ai retrouvé à Moscou, trois ans plus tard. J'ai été à nouveau chargé de le surveiller.

Les voix synthétiques se turent abruptement. Les deux hommes, abasourdis par ce qu'ils venaient d'entendre, osaient à peine se regarder.

– Viens, finit par dire Le Cloarec. Descendons déjeuner. On écoutera le troisième fichier après cela.

Turpin passa dans son bureau pour récupérer son Tupperware. Ils se rejoignirent sur le parvis de l'ambassade, au bord du lac, et s'assirent sur un banc. Le diplomate se mit à picorer dans une salade de poulet tandis que son compagnon dévorait un sandwich au thon.

– C'est de la bombe, ce truc, souffla Le Cloarec entre deux mastications.

– Tu y crois ? demanda Turpin.

– À quoi ?

– À cette histoire, enfin ! C'est crédible, d'après toi ? Que Philby ait eu le projet de repasser à l'Ouest depuis le territoire géorgien ?

L'espion eut une moue dubitative.

– Écoute, franchement, ça me paraît un peu tiré par les cheveux. Je t'ai déjà parlé de ça. Entre le moment où Philby était en poste à Istanbul et celui où, réfugié chez les Russes, il est venu en Géorgie, la Turquie avait rejoint l'OTAN. En 1952. Ce qui signifie que cette frontière était devenue infranchissable. Même pour quelqu'un qui connaissait le terrain. Les Soviétiques l'avaient fortifiée à outrance. Les Turcs aussi, avec l'appui des Américains. Non, sincèrement... Mais ce n'est pas ça qui compte.

– Comment cela ? Où veux-tu en venir ?

– Ce qui importe, dans cette histoire, c'est que le KGB s'en est persuadé. Rappelle-toi ce que nous a dit Oakley-Blythe, avant-hier. Englués dans leur paranoïa maladive, les Soviétiques ont fini par se convaincre que Philby avait l'intention de leur fausser compagnie. Et ils se sont mis à rechercher des indices pour étayer cette conviction. Quitte à les inventer. C'était ça, la méthode russe. Depuis les grands procès de Moscou. On soupçonnait d'abord quelqu'un, puis on se mettait en quête de preuves. Dans cet ordre. Allez, viens. Allons écouter le dernier enregistrement. J'imagine que tu sais déjà de qui il s'agit.

Revenus dans le bureau sous les combles, ils ôtèrent leurs vestons et s'assirent. Le Cloarec lança la troisième bande-son. L'échange se déroulait cette fois en français.

> SR : Enregistrement commencé à Tbilissi le jeudi 14 mai à 20 h 30, avec Nina Sergueïevna Kartadze et Natela Grigolichvili. Bonsoir, mesdames.

Turpin eut un léger sursaut. L'entretien avait eu lieu un jeudi soir... Un jeudi soir du mois de mai. Selon le rituel établi, il devait être en train de dîner avec le vieux Kartadze. Se pouvait-il que celui-ci n'ait pas été au courant de cette rencontre avec Sébastien Rouvre ? Il se força à se concentrer sur l'échange.

SR : Pouvez-vous me dire quand vous avez rencontré Kim Philby ?

NSK : La première fois, c'était à la fin de l'automne 1968. Sans doute en décembre.

SR : Dans quelles circonstances ?

NG : C'était une mission dont le Parti nous avait chargées. Pour le compte du KGB. Un travail classique. Il s'agissait de l'accompagner partout et d'assurer l'interprétariat. De traduire les discours de M. Philby, aussi. Il parlait très mal le russe.

SR : Quel genre d'homme était-il ?

NG : Oh ! Vraiment charmant. Comme un gentleman anglais sait l'être. Poli, prévenant, amusant.

NSK : Je crois qu'on peut le dire à M. Rouvre, Natela. C'était un séducteur. Il aimait plaire aux femmes. Il était encore assez bel homme. Il devait avoir cinquante-six ans à ce moment-là.

Les deux vieilles dames gloussèrent un bref instant. Turpin, à leur accent, les distinguait sans peine l'une de l'autre.

SR : Et vous l'avez revu, après ce premier voyage, n'est-ce pas ?

NSK : Oui, trois fois, l'année suivante. En mars, avril et juin.

NG : Mais non, Ninochka. En février, avril et juin. Il adorait venir en Géorgie. Il disait que ça lui rappelait l'Italie. Et il appréciait le climat, plus clément qu'à Moscou.

SR : J'imagine que vous avez passé de longues heures en sa compagnie. De quoi parlait-il ?

NSK : Quand il était seul avec nous, il se laissait un peu aller. Il évoquait souvent sa vie d'avant.

SR : D'avant quoi ?

NSK : D'avant sa défection. L'Angleterre lui manquait. Ses amis. La nourriture de là-bas...

NG : Le pauvre... Il trimballait toujours des vieux articles du *Times* dans ses poches. Des comptes rendus de matches de cricket qui dataient de plusieurs semaines. Il les lisait, les relisait.

NSK : Il buvait beaucoup. Il était souvent soûl dès la fin de la matinée. Maintes fois, les hommes du KGB ont dû le porter jusqu'à son hôtel. Il ne tenait plus debout.

SR : Le KGB le surveillait de près ?

NSK : Oui. Le chef du bureau local du KGB, Levan Rapava, se méfiait de lui. Il nous avait même demandé de lui rapporter les propos d'ivrogne de Kim Philby. Des choses que nous trouverions suspectes.

SR : Et vous l'avez fait ?

NG : Oui, enfin...

NSK : On était bien obligées. On a raconté à Rapava que Philby parlait souvent de sa vie d'avant, qu'il semblait regretter. Il parlait aussi beaucoup de la Turquie. Je crois qu'il y avait vécu, à la fin des années 1940. Philby, quand il était soûl, disait qu'il trouvait étrange de se trouver si près d'un endroit où il avait habité auparavant. « Juste de l'autre côté du miroir », c'était son expression. Nous, on trouvait cela un peu bizarre. Alors bien sûr, on l'a rapporté aux officiers du KGB.

*

Ils étaient arrivés à la fin du dernier enregistrement. Le Cloarec se leva pour faire chauffer la bouilloire, puis vint se rasseoir. Il avait le regard fuyant.

– Bon… commença-t-il. Pour utiliser le jargon des espions, nous voilà tenus de faire un *debriefing*. Posthume, celui-là. Ce qui n'est pas banal.

– Pourquoi Rouvre n'a-t-il inclus aucun papier dans son envoi ? s'interrogea Turpin.

– Parce que le cœur de sa thèse tient dans ces trois enregistrements. Sa trouvaille fondamentale, c'est ça : Kim Philby avait l'intention de repasser à l'Ouest. En tout cas, c'est ce dont s'était convaincu le KGB. Tu auras remarqué que les trois enregistrements s'interrompent brutalement. À mon avis, Rouvre n'en a gardé que les passages importants, les plus révélateurs. Et puis, regarde leur agencement.

Turpin peinait à se concentrer.

– Que veux-tu dire ? Quel agencement ?

– Réfléchis. C'est d'abord Roufina Philby qui évoque la méfiance du KGB vis-à-vis de son mari, et qui met Rouvre sur la piste de Rapava. Et celui-ci, à son tour, mentionne les suspicions de la Loubianka, et envoie l'étudiant sur les traces de Nina et Natela. Tu vois bien, non ? Rouvre révèle son cheminement. Tout son travail est contenu dans ces trois bandes-son qui s'emboîtent les unes dans les autres. Il n'avait peut-être encore rien écrit du tout. Ou bien, ce qu'il avait déjà rédigé, il l'a effacé. Mais il a voulu protéger le cœur de son travail.

La bouilloire émit un long sifflement lugubre et l'espion se leva une nouvelle fois pour préparer le thé.

– Tu crois que Roufina Philby est, elle aussi, en danger ? demanda Turpin.

– Non, je ne crois pas. Elle dit très clairement ne pas croire à l'hypothèse de l'agent triple. Elle se contente de désigner un officier du KGB qui, lui, y croyait. Rapava. C'est la piste que Rouvre a décidé de creuser par la suite.

Turpin n'était plus très sûr de suivre le raisonnement de son interlocuteur. Il se tut un moment, puis reprit :

– Mais revenons à l'envoi que Rouvre s'est adressé à lui-même, par notre intermédiaire. Tu as dit tout à l'heure, chez Weber, qu'il avait peut-être cherché à mettre à l'abri quelque chose. En l'occurrence, le fruit de son travail, nous le savons maintenant. Avait-il peur qu'on ne le lui dérobe ? Était-ce pour être sûr de pouvoir récupérer ces trois enregistrements ultérieurement ? Ou bien…

Le Cloarec revint avec un plateau sur lequel vibraient deux grandes tasses de thé noir.

– Ou bien, poursuivit-il, il se savait lui-même en danger. Je pense qu'il avait reçu des menaces. Dans les deux cas, son acte fait sens. Soit il espérait remettre la main sur la clé USB ultérieurement. Soit il a voulu nous éclairer sur les tenants et les aboutissants de son travail, au cas où il lui arriverait malheur. Dans les deux hypothèses, il avait peur…

– Mais peur de qui, enfin ! s'agaça Turpin. Où voulais-tu en venir, avant-hier, après notre promenade avec Oakley-Blythe ? Tout ça me paraît tellement… inimaginable.

L'espion absorba son thé à petites gorgées et mordit dans un biscuit. Son visage arborait maintenant une expression vaguement triomphante.

– J'y viens, mon cher René. Mais commence d'abord par répondre à deux questions. Où la police géorgienne a-t-elle retrouvé le téléphone de Rouvre ?

– Dans une poubelle.

– Oui, mais où ?

Turpin se creusa les méninges.

– Je crois qu'ils m'ont dit : tout au bout de l'avenue de Tchavtchavadze…

– Bien. Maintenant, rafraîchis-moi la mémoire. Dans quelle direction la police t'a-t-elle dit que le meurtrier présumé de Mme Grigolichvili marchait, le 25 juin ?

– Euh… Vers l'ouest. Dans la direction du parc de Vaké. C'est ce qu'ont démontré les caméras de surveillance du quartier.

– Bon. Maintenant, René, concentre-toi une seconde. Qu'y a-t-il, à l'extrémité de l'avenue Tchavtchavadze, en face du parc de Vaké ?

À quel jeu jouait ce bougre de Breton ? Turpin se crut transporté dans une version moderne et appauvrie de la légende thébaine. Le vieil espion faisait un drôle de sphinx… Il ferma tout de même les yeux et s'efforça de visualiser le secteur en question. Les frondaisons du parc… Le mémorial de la Grande Guerre patriotique… Le terminal des autobus… Et soudain, il vit le bâtiment massif et anonyme de la mission diplomatique se dresser devant lui. Il l'avait longtemps pris pour un hôpital.

– La section des intérêts de Russie ?

– Bingo ! Eh oui. Tu sais qu'elle est placée sous drapeau suisse puisqu'il n'y a pas, officiellement, de relations diplomatiques entre la Russie et la Géorgie. Mais l'immeuble grouille de fonctionnaires russes, ça, je peux te l'assurer. Et d'agents secrets.

Turpin eut l'impression qu'une force invisible le collait au fond de son fauteuil. Les implications de ce qu'il venait d'entendre étaient terrifiantes. Avait-il bien compris ?

– Mais, Hugues, balbutia-t-il. Tu veux dire… Tu veux dire que ce serait un coup des services russes ?

– Songes-y, René. Qui cela a-t-il pu déranger ? Une thèse selon laquelle Philby était peut-être un agent triple, et qu'il planifiait de repasser à l'Ouest…

– Mais c'est une histoire vieille de quarante ans ! Et Philby est mort il y a plus de vingt ans. En outre, l'Union soviétique a disparu, non ? Ou bien j'ai raté un épisode ?

Le Cloarec souriait entre ses dents.

– Tu es d'une naïveté, mon cher René... Que nous a dit Oakley-Blythe, l'autre jour ? Que la défection de Philby avait représenté un triomphe international pour les Russes. Et pas seulement sa défection. Le fait qu'il ait berné les Britanniques et les Américains aussi longtemps. Alors, imagine. Quarante ans plus tard, un petit Français se pointe comme une fleur, il fait parler les gens, et il découvre que Philby, fort déçu par le paradis des prolétaires, voulait fuir l'Union soviétique. Ou, plus exactement, il découvre que les Russes le soupçonnaient activement de vouloir le faire, et qu'ils s'en étaient même persuadés... Je te le répète. C'est de la bombe. En Russie, encore aujourd'hui, la question du legs historique de l'URSS est un enjeu national. Des groupes d'historiens s'affrontent quotidiennement. Et le pouvoir russe actuel, à l'évidence, se considère comme le dépositaire de ce legs. Au prix des pires travestissements. On réécrit l'histoire. On réhabilite Staline. Et on veille à ce que nul n'écorne les épisodes les plus glorieux de la guerre froide. Or, c'est manifestement ce que Sébastien Rouvre s'apprêtait à faire. Et il a entraîné dans son sillage mortifère tous les gens qui avaient osé lui parler.

– Ce serait donc le KGB ?... Pardon ! Le FSB ?

Le vieil espion se pourlécha les lèvres.

– Non, le FSB est censé se concentrer sur les affaires intérieures. Je pense plutôt au SVR, qui est l'organe successeur de la Première direction générale du KGB. Celle qui s'occupait de l'espionnage extérieur et des agents clandestins. Ou alors, le GRU. Le service de renseignement militaire. Ces deux-là pratiquent l'assassinat à l'étranger. Non sans succès. Pas plus tard qu'en janvier dernier, ils ont liquidé un combattant tchétchène en Autriche. Tu te souviens peut-être aussi de l'empoisonnement de Litvinenko à Londres, à l'automne 2006... Ah ! J'oubliais. Il y a même une espèce d'association des vétérans de l'espionnage soviétique, qui s'appelle Dignité et Honneur. Tout un programme. C'est un ramassis de vieux tchékistes hargneux. J'ai entendu dire qu'ils auraient été impliqués dans le meurtre de Litvinenko. Tu vois. Les options ne manquent pas.

– Mais comment des agents russes ont-ils pu avoir vent des travaux universitaires de Rouvre ?

– Ça, par définition, je l'ignore. Mais on peut supposer que d'anciens officiers comme Rapava sont toujours surveillés. De même que la veuve de Philby. En tant que dépositaires d'un secret d'État. À un moment donné, une alarme a dû se mettre à sonner quelque part à Moscou. Les agents des nouveaux organes de la Fédération de Russie sont efficaces. Au moins autant que leurs prédécesseurs.

– Et ces joyeux drilles circulent ici en toute liberté ?

– Bien sûr. Je te rappelle que l'armée russe a brièvement envahi ce pays l'été dernier. Les Russes ont infiltré des cohortes d'agents. Et ils connaissent bien le terrain. Ils ont tout de même occupé la Géorgie durant presque deux siècles...

Le Cloarec se leva et s'appuya sur le rebord d'une fenêtre. Il semblait observer sans les voir les cèdres plantés autour de l'ambassade.

– C'est la raison pour laquelle je t'ai dit, l'autre jour au bord du lac de Lissi, que la police géorgienne ne mettrait sans doute la main sur aucun suspect. Les services russes savent couvrir leurs traces. Leurs agents vont et viennent sans être repérés. Il n'est même pas certain que ce soit le même homme qui ait tué les trois victimes. Je pencherais plutôt pour une petite équipe d'opératifs aguerris et furtifs. Ce qui me conduit à te dire, René…

– Quoi ?

– Tu es peut-être en danger, toi aussi. Après tout, tu es très proche de l'enquête. Depuis le début. Et tu sais maintenant ce que Rouvre avait découvert.

– Certes. Mais toi aussi, non ?

– Moi, c'est différent. Les services russes savent forcément qui je suis, mais ils ne m'ont pas vu m'intéresser aux investigations. Tandis que toi… Tu l'as fait au grand jour. Quand as-tu prévu de quitter définitivement la Géorgie ?

– Fin août. Par la route. J'ai l'intention de ramener ma voiture en France, en passant par la Turquie, les Balkans…

– Tu devrais peut-être avancer ton départ.

– Tu es sérieux ?

– Oui.

Turpin s'enfonça dans une tristesse indéfinissable. Il songea aux dernières semaines qu'il avait prévu de passer, sans se hâter, dans la félicité de l'été géorgien. Il pensa aux Kartadze, qu'il avait espéré voir réapparaître avant son départ.

– Si je m'en vais maintenant, l'ambassadeur va me faire une crise. Il doit partir en vacances la semaine prochaine. Juste après notre fête nationale.

*

Rentré chez lui, il s'affala une nouvelle fois dans son canapé, gagné par la perplexité et l'abattement. Il peinait encore à faire sien l'enchaînement funeste que lui avait exposé Le Cloarec : la thèse d'un étudiant français, centrée sur un épisode obscur d'une guerre oubliée entre l'Est et l'Ouest… Une alarme qui se déclenche à Moscou, parmi les gardiens sourcilleux du temple soviétique… Une série d'assassinats, perpétrés par les services russes… Comment pourrait-il évoquer ce scénario avec la police géorgienne ? Mettrait-il d'autres personnes en danger ? Il eut la vision fugitive d'une menace insaisissable, tapie dans l'ombre, une sorte de main noire prête à frapper à tout moment, n'importe où. Il frissonna. Allait-il, à son tour, sombrer dans la paranoïa ?

En se penchant sur la table du salon pour allumer une cigarette, il avisa un bout de papier tombé sur le tapis. Il le déplia et reconnut la lettre qu'Irakli Kartadze avait glissée sous sa porte au soir du 29 juin. Il la relut distraitement, avant de s'arrêter sur le post-scriptum.

P.S. À mon retour, comme promis, je vous emmènerai chez mon ami Sergo.

Il s'aperçut qu'au beau milieu de l'affolement qu'avait causé le meurtre de Natela, il n'avait pas prêté attention à ces mots, couchés négligemment sous la forme d'une vague promesse. Il fut parcouru par un frémissement. Se pouvait-il que… ? Il avait maintenant la quasi-certitude que les Kartadze n'avaient pas quitté le pays. Le professeur lui avait-il adressé un message codé ?

Il fit un effort pour se remémorer leur échange, juste après la tempête. Qu'avait-il dit ?

Le vieil homme s'était emporté contre l'église orthodoxe. Puis il avait parlé de son ami Sergo. Un communiste repenti. Qui était devenu le père… Zébulon ? Spyridon ?

Turpin réfléchit encore quelques minutes, puis attrapa son téléphone pour composer le numéro de Shenguelia.

– Inspecteur, désolé de vous importuner un vendredi soir. J'ai une question pour vous. Un petit monastère à une heure d'ici. Proche de la frontière avec l'Azerbaïdjan. Ça vous dit quelque chose ?

10

Ils roulaient cette fois vers l'est, dans la direction opposée à celle de leurs voyages du mois de juin. Au loin devant eux se profilaient les collines bleutées délimitant la vallée viticole de l'Alazani. La matinée de ce dimanche 12 juillet commençait à peine, mais il faisait déjà chaud. Sur le bord de la route, des paysans proposaient des seaux débordant de fraises et d'abricots.

Dans la voiture, alors qu'ils traversaient les faubourgs de Tbilissi, Turpin avait d'abord hésité. Mais comment clore cette affaire sans livrer la vérité aux autorités géorgiennes ? Il s'était finalement résigné à tout raconter à Shenguelia : les enregistrements reçus à l'ambassade ; le cœur de la thèse de Rouvre ; la forte probabilité d'une série de meurtres perpétrés par les services secrets de la Fédération de Russie…

Tout en conduisant, le jeune homme se mura d'abord dans un silence pesant. Turpin broyait du noir. Il s'en voulait déjà d'avoir exposé le policier en lui révélant la vérité.

Celui-ci s'anima alors qu'ils venaient de laisser sur leur droite l'embranchement conduisant à l'ancienne base soviétique de Vaziani. Ses traits s'étaient crispés.

– Ce que vous venez de me raconter… Cela me met en colère. Vous voyez, jamais les Russes ne nous laisseront tranquilles. Nous sommes condamnés à vivre dans l'ombre de Moscou. Si tout cela est vrai... Cela veut dire qu'ils demeurent à même de venir chez nous et d'y tuer nos citoyens impunément. Pour régler de vieux comptes. Pour assouvir leur soif de vengeance... Le message est clair. On ne quitte pas l'Union soviétique. Elle est toujours là. Impalpable. Menaçante. Omniprésente. Prête à frapper n'importe où. Je me demande si tout cela finira un jour.

Ils entraient dans la bourgade de Sagaredjo, où de grands tas d'aubergines encombraient l'entrée des granges. Shenguelia ralentit puis, à un carrefour, tourna abruptement à droite. La voiture se mit à cahoter sur une piste en terre. Ils se dirigeaient maintenant vers le sud.

– Qu'allez-vous faire, inspecteur ? risqua Turpin.

– C'est précisément à cela que je réfléchissais. Les services géorgiens ne sont pas de taille à affronter leurs équivalents russes, il faut bien l'admettre. À mon avis, la seule chose à faire... Je vais tout dire à mon supérieur, le commissaire Makaladze. Et celui-ci, à son tour, en parlera... soit au ministre, soit au procureur. Peut-être même au président. L'idée, c'est qu'un minimum de personnes soit au courant. Et on classera l'affaire. Je ne crois pas que nous ayons d'autre choix.

– Et les Kartadze ?

Autour d'eux, le paysage se faisait de plus en plus désertique. Les champs cultivés laissaient progressivement la place à un plateau terreux aux ondulations molles, peuplé ici ou là de quelques moutons solitaires.

– Vous êtes sûr qu'ils sont là où je vous emmène ?

– Sûr, non... Mais où m'emmenez-vous exactement, inspecteur ?

– À l'ermitage de David Garedja. C'est le seul lieu qui me soit venu en tête, vendredi soir, quand vous m'avez parlé d'un endroit de ce genre, près de la frontière avec l'Azerbaïdjan.

– De quoi s'agit-il ?

– C'est un tout petit monastère, fondé au début du VIe siècle par des moines venus d'Assyrie. Des ascètes. Vous allez voir. Il fallait l'être pour avoir l'idée de s'installer dans un coin pareil. C'est l'un des plus anciens sites chrétiens au monde.

Turpin n'aurait jamais imaginé que des parages aussi arides puissent voisiner avec la capitale. Shenguelia l'observait du coin de l'œil. D'un geste de la main, il désigna sur la droite des bâtiments allongés, nichés dans un pli du terrain.

– Vous voyez ces baraques, là-bas ? Dans les années 1980, pendant la guerre d'Afghanistan, l'Armée rouge y avait installé un camp d'entraînement. Pour familiariser les troufions au combat en zone désertique…

Ils arrivaient à proximité d'une crête de couleur ocre. Au détour d'un virage, le diplomate aperçut des toits de tuiles rouges.

– Nous y sommes presque, annonça Shenguelia. Il y a une falaise derrière la crête. L'Azerbaïdjan commence juste de l'autre côté. Vous êtes sur la frontière.

Le policier gara la voiture sur le parking au pied du monastère, parmi d'autres véhicules. Il coupa le contact et resta un moment assis, les mains sur le volant.

– Les Kartadze… reprit-il. Pour tenter de répondre à votre question… Si nous les retrouvons, je crois que la seule solution, c'est de les placer sous protection. Sans doute ailleurs qu'à Tbilissi. Ça, c'est une chose que nous pouvons faire.

Ils s'avancèrent vers la petite église en pierre, dominée par une paroi rocheuse percée de grottes. À l'intérieur, quatre ou cinq familles se tenaient debout dans un coin de la nef. C'était jour de baptême. Turpin et Shenguelia s'approchèrent. Un vieux moine à la barbe broussailleuse empoignait des nourrissons nus par les pieds pour les plonger tête la première dans l'eau du baptistère. Les bébés en ressortaient bleus de froid, rendus muets par la brutalité de l'outrage.

– Vous voyez la violence qu'on nous inflige dès l'enfance, murmura l'inspecteur avec ironie. Après ça, on s'étonne de l'agressivité des Géorgiens…

Le diplomate parcourut du regard l'intérieur de l'édifice, obscur et exigu, saturé de vapeurs d'encens. Des chants rauques et monocordes résonnaient sous la voûte. Il eut soudain la sensation d'être en présence d'un sombre culte antique… En Géorgie, le christianisme conservait sa forme originelle, celle d'une vénération énigmatique et orientale.

Les immersions terminées, il vit Shenguelia discuter à voix basse avec le moine, un peu en retrait du groupe de fidèles. Puis le policier revint vers lui.

– C'est bien le père Spyridon. Il n'a pas voulu me dire si les Kartadze étaient hébergés ici. Il a nié les connaître. Peut-être parce que d'autres gens se trouvent dans l'église. Mais il m'a invité, de façon assez sibylline, à aller marcher le long de la crête. Venez, sortons d'ici et allons faire un tour.

Ils gravirent une pente abrupte et se retrouvèrent en bordure du plateau, où courait un étroit sentier surplombant l'abîme. Dans la lumière éblouissante du matin, Turpin dut placer ses mains en visière. À ses pieds s'étalait une immense plaine aride dont il ne put distinguer les contours.

– L'Azerbaïdjan… chuchota Shenguelia. Attention où vous marchez. C'est infesté de serpents par ici.

Ils cheminèrent un moment parmi les touffes de sauge, longeant sur leur gauche des cavités profondes où avaient dû s'abriter, dans les temps anciens, des communautés d'anachorètes. Sur leur droite, la vallée cuisait sous le soleil. Turpin se fit la réflexion que dans ce paysage de désolation biblique, Siméon le Stylite, prostré au sommet de sa colonne, n'aurait pas déparé.

Le sentier rétrécissait dangereusement. Ils allaient rebrousser chemin quand ils crurent distinguer une ombre qui se mouvait au fond de la dernière grotte. Puis Turpin reconnut la voix enrouée d'Irakli Kartadze qui l'appelait.

*

Le vieux couple avait établi un campement sommaire dans la partie plane de la cavité : deux bancs d'église qu'on avait dû charrier depuis l'ermitage. Quelques couvertures. Un réchaud à gaz et un lot de casseroles en inox…

– Vous dormez ici ? demanda Turpin, incrédule.

– Non, nous passons la nuit dans le dortoir du monastère. Mais nous préférons nous tenir ici dans la journée. Pour ne croiser personne. C'est mieux ainsi. Et puis, nous pouvons fuir en cas de danger. Il nous suffirait de dévaler la pente pour changer de pays…

La voix d'Irakli s'était cassée en prononçant ces derniers mots. Le scénario qu'il avait formulé était si saugrenu que lui-même n'y croyait manifestement pas. Turpin s'efforça un court instant d'imaginer les deux vieillards dégringolant jusqu'au fond de la plaine aride et chassa rapidement cette pensée.

Ils prirent place sur les bancs et le diplomate fit les présentations. Il y eut un long silence gêné, comme pour le premier acte d'une pièce de théâtre dont tous les acteurs auraient oublié leur texte. Kartadze s'empara d'un thermos et versa du café tiède dans des gobelets en plastique. Puis Turpin prit la parole pour raconter une nouvelle fois ce qu'il savait : les voyages en Géorgie de Kim Philby, en 1968 et 1969 ; la thèse iconoclaste de Sébastien Rouvre ; les bandes-son reçues deux jours plus tôt à l'ambassade ; l'ombre meurtrière des services russes…

– Donc, vous savez tout, lâcha Irakli dans un murmure.

Quelques abeilles aventureuses bourdonnaient à l'entrée de la grotte. Leur vrombissement discret était le seul bruit à leur parvenir. Nina était recroquevillée à l'extrémité de son banc. Elle finit par lever la tête pour parler à son tour.

– Vous vous souvenez à quel point j'étais inquiète, juste après l'annonce de l'assassinat de Rapava… J'aurais voulu vous expliquer pourquoi. Mais c'était délicat. Même Irakli ne connaît pas tous les détails de cette vieille histoire…

– De quoi parlez-vous ? intervint Shenguelia un peu abruptement. Des voyages de Kim Philby ?

– Oui, enfin… Il y a certains aspects que Natela et moi étions les seules à connaître. Mais comment aurions-nous pu imaginer qu'une histoire si ancienne nous rattrape aujourd'hui ? Quarante années plus tard… Je me sens si coupable.

Elle se prit la tête entre les mains.

– Comment avez-vous su qu'il était arrivé malheur à Natela ? demanda doucement Turpin.

– Nous l'avons aisément deviné, répondit Irakli. Quand vous avez appelé, le lundi 29 juin. Vous étiez paniqué, René. Nous avons deviné que quelque chose ne tournait pas rond. Puis Nina a téléphoné à une voisine de Natela, qui lui a appris qu'une ambulance stationnait en bas, dans la rue. Il ne nous en a pas fallu davantage. Nous avons bouclé nos bagages, puis sommes venus nous réfugier ici.

Shenguelia fixait intensément la vieille dame. Turpin comprit soudain, au regard concentré du policier, que la conversation allait imperceptiblement prendre la forme d'un interrogatoire. Le jeune homme avait décelé des zones d'ombre. Il avait trouvé un bout de fil sur lequel tirer.

– Madame Kartadze, reprit patiemment l'inspecteur, pourquoi dites-vous que vous vous sentez coupable ? Et quels sont les détails que votre mari ne connaît pas ?

Elle poussa un bruyant soupir en secouant la tête de droite à gauche. Shenguelia insista, sous un angle différent :

– Madame Kartadze, avez-vous vraiment tout dit à Sébastien Rouvre, en mai dernier ? Ou plutôt : lui avez-vous livré l'entière vérité ?

Elle se leva soudain et se mit à arpenter le fond de la grotte. Sa voix rauque résonna dans un écho mat, tandis que son époux la suivait des yeux, l'air inquiet.

– *Kharacho...* Bien. Je vais m'efforcer de vous raconter toute l'histoire. Depuis le début. Kim Philby a fait son premier voyage à Tbilissi vers la fin de 1968. Ça, vous le savez déjà. Quand le KGB nous a chargées, Natela et moi, de nous occuper de lui, nous étions toutes les deux très excitées. Philby... C'était tout de même un personnage de stature internationale. Un homme qui avait tout sacrifié pour l'Union soviétique. Vous savez peut-être qu'il fut décoré dans l'ordre de Lénine, la plus haute distinction de l'URSS. Au début, tout s'est très bien passé. M. Philby s'est montré charmant, heureux de découvrir la Géorgie. Il était manifestement ravi de s'échapper de Moscou. Mais très vite...

Elle s'interrompit pour reprendre haleine. Les trois hommes étaient suspendus à ses lèvres. Shenguelia lui décocha un petit sourire pincé pour l'inciter à poursuivre.

– Mais très vite, au gré de ses divers séjours... Il nous est apparu que c'était un homme brisé. En réalité, c'était une épave. Un homme effroyablement seul, coupé de toute sa vie antérieure. Une sorte de clochard de luxe, dont l'existence était à la fois financée et surveillée par les organes soviétiques. Il souffrait d'insomnies, buvait comme un trou du matin au soir. Et il parlait beaucoup. C'en était... Comment dit-on en français ? Pathétique. Pitoyable. C'est cela qui a fini par inquiéter le KGB.

– Qu'est-ce qui préoccupait le KGB, exactement ? s'enquit Turpin. Ses beuveries ?

– Oui. Enfin, le fait qu'il parle tant, quand il était soûl.

– Mais que disait-il ?

– Il évoquait sa vie d'avant. Des opérations secrètes qu'il avait conduites en tant qu'agent double. Des choses comme ça… La vérité, c'est qu'on n'y comprenait pas grand-chose, Natela et moi.

– Mais dans la bande-son que j'ai écoutée avant-hier, vous assurez devant Sébastien Rouvre que Philby parlait beaucoup de la Turquie. C'est vrai ?

Elle s'immobilisa et parut s'abîmer dans une longue hésitation. Puis elle se rassit sur le banc et reprit la pose de prostration qu'elle avait observée précédemment. Turpin s'aperçut que de grosses larmes se frayaient un chemin parmi les rides profondes de son visage.

– Oui, c'est vrai, hoqueta-t-elle. Mais pas… Il faut que je vous raconte autre chose, pour que vous compreniez bien ce qui s'est réellement passé.

Elle se tourna vers son vieux mari et fit un geste d'excuse. Celui-ci la regardait avec davantage de curiosité que d'effroi.

– Je vous l'ai dit, reprit-elle, Philby se sentait terriblement seul. À ce moment-là, en 1969, il n'y avait plus aucune femme dans sa vie. Il meublait sa solitude en voyageant, en buvant. Et très vite, dès son deuxième déplacement à Tbilissi, nous avons compris que… Comment expliquer cela ? C'est si embarrassant.

– Qui cela, nous ? De qui parlez-vous ? s'enquit Shenguelia.

Elle prit une inspiration sonore.

– Natela et moi. Nous avons compris… Nous avons compris qu'il revenait pour nous voir. Il se plaisait en notre compagnie. Il se sentait plus libre qu'à Moscou, et il recherchait la compagnie des femmes. C'était évident. Et petit à petit, d'un voyage à l'autre… C'est devenu… Comment dire… Gênant. Embarrassant. Philby s'est fait de plus en plus pressant.

– Vis-à-vis de vous ? De Natela ?

Elle se tordait maintenant les mains.

– À mon égard, surtout. Natela le trouvait attirant. Je crois qu'elle se serait laissé séduire. Mais c'est après moi qu'il en avait. Et moi, j'étais jeune mariée. Je venais d'épouser un Géorgien. La situation est rapidement devenue… intenable.

Turpin observait la vieille dame en silence. Les mots d'Oakley-Blythe, prononcés quelques jours plus tôt au bord du lac, lui revinrent. *There is a gap*, avait-il dit. Un trou dans la vie de Philby. L'année 1969. *Tout ce qu'on sait, c'est qu'il n'allait pas très bien à ce moment-là. Je crois qu'il a carrément dévissé.* Voilà donc ce qui s'était passé. La dérive éthylique de Philby. Sa sinistre errance à l'intérieur d'un empire hostile qui ne savait que faire de lui. Sa misère sexuelle et son baratin d'alcoolique. Un étrange triangle amoureux, aussi stérile qu'impossible, avec deux jeunes Soviétiques qui avaient l'âge d'être ses filles… Tout s'emboîtait enfin. Oakley-Blythe n'avait-il pas, aussi, clairement affirmé que Philby était un coureur de jupons ?

– Et alors ? poursuivit le policier. Qu'avez-vous fait ?

– Au troisième voyage, Natela et moi avons décidé qu'il nous fallait mettre un terme à cette situation. Il m'est venu une idée. Rapava nous avait exhortées à lui rapporter les propos de Philby. Ses discours d'ivrogne…

Le diplomate se crut projeté dans une représentation contemporaine de l'allégorie platonicienne, comme si la vérité allait soudain se matérialiser sur les parois de la grotte.

– Rapava nous avait alertées sur les liens anciens de Philby avec la Turquie. Le KGB tenait absolument à savoir en quels termes il en parlait. Alors…

– Alors ? insista une nouvelle fois Shenguelia.

– Alors… Natela et moi, nous avons dit à Rapava ce qu'il voulait entendre.

Turpin sentit son sang se glacer. Les trois hommes étaient bouche bée. Même les abeilles à l'entrée de la grotte avaient cessé de vrombir.

– Que lui avez-vous rapporté ?

– Nous avons dit au KGB que Philby ne parlait que de ça. De son séjour à Istanbul, à la fin des années 1940. De son désir d'y retourner.

– Et ce n'était pas vrai ? demanda Turpin d'une toute petite voix.

Nina Sergueïevna regardait ses doigts entrelacés.

– Non. Ce n'était pas vrai. Il en parlait, bien sûr. Mais nous avons… Comment dire ? Nous avons délibérément forcé le trait. Car nous savions comment le KGB réagirait.

– Mais en quels termes Philby évoquait-il réellement la Turquie ?

– C'était une rêverie, je crois. Une ou deux fois, alors qu'il était ivre, il nous a parlé d'Istanbul. De son regret de n'avoir pu habiter un *yalı*… Vous savez, ces vieilles demeures ottomanes en bois, au bord du Bosphore. C'était le songe d'un homme au bout du rouleau, un homme prisonnier de son propre destin… Je crois qu'il aurait voulu qu'on l'oublie, qu'on le laisse s'établir dans un coin de son choix, loin du KGB, loin des services britanniques. Mais il délirait. Il rêvassait. Ce n'étaient que des élucubrations. Et nous…

– Et vous ?

– Eh bien… Comme je vous le disais à l'instant. Nous souhaitions nous débarrasser de Philby. Faire en sorte qu'il cesse de venir à Tbilissi. Nous avons reformulé les choses de façon que les organes prennent peur. Nous avons parlé d'Istanbul. De la zone frontalière entre la Géorgie et la

Turquie, que Philby prétendait si bien connaître… Rapava est devenu comme fou. Et notre histoire est ainsi devenue la version secrète mais officielle. Celle qui figure au fond d'un dossier du KGB depuis quarante ans. En plus, à l'époque, cela nous avait paru un pieux mensonge…

– Comment cela ? s'exclama Shenguelia.

– Parce que Philby était, en quelque sorte, intouchable. Il était à lui seul un monument à la supériorité absolue de l'Union soviétique sur l'Occident. Les organes s'étaient condamnés à le laisser vivre et à le glorifier. S'en prendre à sa personne serait revenu à admettre ouvertement qu'ils s'étaient laissé berner. Il s'est donc produit exactement ce que Natela et moi avions prévu : le KGB a tu ses soupçons pour les enfouir au dernier sous-sol de la Loubianka ; personne n'a touché à un cheveu de Philby ; et puis, tout simplement, on ne lui a plus permis de venir séjourner en Géorgie. Et nous, nous n'avons plus jamais parlé de cette histoire à quiconque. Jusqu'à ce que…

– Jusqu'à ce que ?

Elle donnait maintenant des signes de fatigue. Irakli Kartadze lui prit la main et la pétrit tendrement.

– Jusqu'à ce que ce jeune Français vienne la déterrer.

Turpin l'interrompit :

– Mais pourquoi ne pas avoir livré la vérité à Sébastien Rouvre ? Natela et vous étiez les seules à la connaître… Pourquoi ne pas lui avoir dit, tout simplement, que cette affaire d'agent triple était un mensonge inventé de toutes pièces ?

Elle haussa les épaules, gardant les yeux rivés au sol.

– Nous avions honte, Natela et moi. Honte de ce que nous avions fait il y a quarante ans. Honte d'avoir trompé les organes. Honte d'avoir fait peser sur Kim Philby des soupçons qui n'avaient pas lieu d'être. Vous savez… Comment vous expliquer… L'Union soviétique était l'école de la lâcheté. Le règne du mensonge. Les gens racontaient n'importe quoi pour se protéger. Chacun, à cette époque, a fait des choses inavouables. C'était la façon dont fonctionnait le système. Il se nourrissait du mensonge et de la couardise. Natela et moi, nous avons vécu avec ce mensonge durant tant d'années. Il dormait en nous. Alors, quand ce jeune homme est venu nous voir… Il a de nouveau remué toute cette bassesse… Et nous avons de nouveau été lâches. Rapava lui avait parlé avant nous. De la version archivée par le KGB, que nous avions inspirée. Nous n'avons pas eu le cœur de lui dire la vérité. Notre vérité honteuse. Et nous avons pensé toutes les deux qu'il n'y avait plus aucun danger. Philby était mort depuis longtemps… Comment imaginer…

Turpin fixait l'entrée de la caverne, ébloui par la lumière. Il visualisa une espèce de machine infernale oubliée dans une cave, inerte durant quarante ans ; un engin mortifère que quelqu'un, par inadvertance, avait subitement remis en marche, déclenchant une série d'accidents irrémédiables et sanglants.

Le Cloarec avait vu juste. Peu importait que Philby eût nourri ou non le projet de repasser à l'Ouest. Ce qui comptait, c'était l'avidité du KGB à s'en persuader. Et il avait suffi aux deux jeunes femmes d'alimenter la paranoïa des organes pour que prenne forme la thèse de l'agent triple. Puis on avait enterré dans un caveau cette sombre histoire fabriquée de toutes pièces, telle une momie aux pouvoirs maléfiques. Quarante années plus tard, Sébastien Rouvre en avait patiemment défait les bandelettes, libérant à son insu des forces meurtrières.

– Venez, murmura le policier en s'adressant aux Kartadze. Ramassez vos affaires. Nous allons vous ramener à Tbilissi.

*

Pour la troisième fois depuis le mois de juin. Turpin et Shenguelia se retrouvèrent ensemble dans un cimetière. Il s'agissait cette fois d'une nécropole militaire située dans la banlieue ouest de la capitale.

Le diplomate contempla la vingtaine de cercueils recouverts du drapeau à croix écarlates, autour desquels se pressait une foule sombre et recueillie. Il y eut plusieurs discours. Le ministre de la Défense. Celui en charge des Territoires occupés. Puis l'ancien maire d'une des cités perdues. L'assistance paraissait soumise, résignée. Il lui sembla reconnaître la jeune légiste qui avait procédé, au matin du 8 juin, à l'examen du corps de Rouvre.

Il regarda la petite trinité formée par Nougo, sa mère et sa grand-mère. On avait installé la vieille dame sur une chaise pliante, au bord de la fosse. Des chants s'élevèrent quand les cercueils furent descendus dans la terre pierreuse de Kartlie. L'Abkhazie, où étaient tombés tous ces hommes, semblait à la fois proche et lointaine. L'Union soviétique, telle une mer souterraine et tumultueuse, n'en finissait pas de régurgiter sur ses rives les cadavres de soldats jadis engloutis.

Après la fin de la cérémonie, Nougo mit les deux femmes dans un taxi. Le policier et le diplomate prirent congé l'un de l'autre avec une effusion contenue. Ils ne se reverraient pas avant longtemps. Peut-être jamais. Turpin devait repartir le lendemain.

L'inspecteur résolut de regagner le commissariat à pied, ce qui lui prendrait au moins une heure. Il se mit en route, l'esprit agité de sentiments mêlés. Sa grand-mère lui avait paru à la fois triste et soulagée. Qu'en serait-il pour lui ? S'apprêtait-il enfin à tourner la page de l'exode abkhaze ?

Alors qu'il descendait d'un bon pas vers le fleuve, il sentit que quelqu'un trottinait dans son dos pour le rattraper. C'était Lika.

– Allez viens, Shenguelia. Je t'invite à boire une bière. Tu l'as bien méritée, celle-là.

Ils avançaient maintenant du même pas. Elle glissa sa main dans la sienne.

*

Turpin roulait vers l'ouest, suivant distraitement l'itinéraire qu'il avait emprunté deux fois avec Shenguelia au mois de juin. Khachouri et ses hamacs. Sourami et ses brioches. Le long tunnel de Rikoti.

Il avait cédé aux injonctions de Le Cloarec, et son départ anticipé lui pesait : les adieux précipités, les dîners avortés, l'enquête close sans conclusion publique… Les Kartadze étaient maintenant sous protection, dans un lieu tenu secret. Ils ne fouleraient plus jamais le sol du grand appartement parqueté de Sololaki. Finiraient-ils, comme Philby, dans une sorte d'exil intérieur ?

C'est en gagnant les faubourgs de Koutaïssi qu'il vit le panneau – Tskaltoubo 15 km – et se sentit mû par une force invisible. Il prit à droite sans vraiment réfléchir. Le détour ne lui volerait pas plus d'une heure.

Après tout, la ville thermale avait eu beau être une fausse piste, c'était tout de même la baignoire de Staline qui les avait mis sur la bonne voie. En conduisant à petite vitesse sur la route plantée d'arbres, il se remémora l'enchaînement des découvertes : Rouvre et son trafic de reliques staliniennes ; les investigations de Jean-Baptiste à Washington ; le Cold War Museum sur le point d'être installé dans l'ancienne demeure de Philby ; le professeur Tremblay ; la thèse de Rouvre…

Cela valait bien un bref pèlerinage.

Il gara la voiture devant la datcha, là où les ZIL rutilantes de Staline avaient dû stationner. Sitôt qu'il eut coupé le contact, un silence absolu l'enveloppa. Nulle brise ne soufflait dans l'épaisse ramure des cèdres. Il pénétra dans l'édifice, étrangement intimidé, et parcourut à nouveau les pièces dévastées.

Cette fois, rien ne semblait avoir changé. Les gravats entraperçus début juin jonchaient toujours le sol.

À la vue de ces monceaux d'ordures, Turpin eut soudain la vision d'un autre empilement ; celui, interminable et létal, des mensonges et trahisons entourant la vie de Philby, jusqu'à la mort de Rouvre. Dans un macabre effort, tout en marchant, il se mit à en faire la liste.

Années 1930 : Kim Philby trahit la bonne société britannique dont il est issu en embrassant la cause du communisme.

1940 : il est recruté par le MI6, qu'il trahit en continuant d'informer ses maîtres russes.

1947-1949 : posté à Istanbul, sans se douter que cet épisode reviendra le hanter beaucoup plus tard, il se familiarise avec la frontière turco-géorgienne et infiltre en URSS des agents antisoviétiques qu'il donne au KGB.

1949-1951 : en poste à Washington, il trahit à la fois les Britanniques et les Américains.

1951 : il trahit une nouvelle fois les services britanniques en permettant à deux agents doubles, Burgess et Maclean, de partir pour Moscou.

1951-1955 : il parvient à tromper les services britanniques en les persuadant qu'il n'est pas le « troisième homme ».

1956-1963 : il trompe tout le monde à Beyrouth, en exerçant le métier de journaliste.

Janvier 1963 : alors que les services britanniques le soupçonnent à nouveau, il parvient à embobiner une dernière fois les agents venus de Londres pour le faire parler.

Janvier 1963 : les Russes font croire à Philby qu'il a atteint le rang de colonel dans le KGB, et qu'un vrai poste de responsabilité l'attend à Moscou.

Janvier 1963 : Philby ment à sa troisième épouse et disparaît un soir, avalé par un cargo soviétique dans le port de Beyrouth.

1963-1964 : à Moscou, Philby découvre que le KGB l'a trompé ; il trompe sa troisième épouse avec la femme de son vieil ami Maclean.

1968-1969 : les Soviétiques se méfient de Philby et le surveillent de près.

1969 : à Tbilissi deux jeunes linguistes, lassées par les assiduités dont les poursuit Philby, grossissent ses propos d'ivrogne au profit du KGB ; celui-ci, qui a gardé en mémoire l'épisode turc de 1947-1949, se trompe lui-même en se persuadant que Philby a l'intention de repasser à l'Ouest ; cette version, mensongère mais nuisible à la réputation de l'URSS, est enfouie dans les caves de la Loubianka.

2009 : c'est cette version, mensongère mais toujours toxique, que met au jour Sébastien Rouvre en faisant parler Rapava, Natela et Nina, déclenchant une spirale mortifère dont il est la première victime.

Turpin se sentit nauséeux et chancelant. C'était davantage qu'une *forêt de miroirs*. Il eut la sensation d'avoir été happé par une porte tambour. Et il était désormais, malgré lui, dépositaire de l'ultime mensonge, le plus dangereux, celui qui avait été archivé comme secret d'État.

Il tressaillit en butant sur une pelote de ficelle synthétique. Les vieux murs craquaient, et il crut entendre des pas à l'étage. Comme un tombeau antique et profané, la demeure obscure semblait vouloir se refermer sur lui. Il se mit à courir, sortit du bâtiment et remonta dans sa voiture en toute hâte.

Jusqu'à la frontière turque, il se surprit à garder un œil dans son rétroviseur.

Remerciements et mot de l'auteur

Une nouvelle fois, j'exprime toute ma gratitude à mes parents, Yvette et Jacques, qui ont découvert cet ouvrage à chacune de ses étapes et m'ont encouragé ; ma reconnaissance va aussi à Françoise Puig-Inza, pour ses remarques très judicieuses à la lecture du premier jet. Je remercie vivement mes amis géorgiens Eka Zgouladze et Thornike Gordadze, qui m'ont éclairé sur certains aspects de la Géorgie contemporaine et m'auront évité, je l'espère, de commettre trop d'erreurs dans mon évocation de leur pays. J'adresse enfin ma sincère reconnaissance à mon éditrice, Gwenaëlle Denoyers, qui n'a jamais cessé de croire en ma capacité à mener à bien ce projet, et qui m'a motivé avec constance et bienveillance.

*

Ceux de mes lecteurs qui connaissent bien la Géorgie auront relevé quelques anachronismes. La violente tempête que je mentionne au chapitre 6, avec ses conséquences dévastatrices sur le zoo de Tbilissi, a bien eu lieu mais en juin 2015. De même pour l'attaque à la saucisse décrite au chapitre 4, qui s'est déroulée en réalité en mai 2016. Quant à l'ambassade de France, elle occupe aujourd'hui le lieu que je lui ai assigné, dans l'ombre du manoir de Beria, au bord du « lac aux grenouilles ». Mais ce n'était pas encore le cas en 2009. Que les habitants de Tbilissi me pardonnent ces menues tricheries. J'ai projeté dans le récit des éléments qui correspondent à mon propre séjour en Géorgie, plus tardif. C'est l'un des privilèges de la fiction.

*

Kim Philby s'est bel et bien rendu en Géorgie durant son exil soviétique, mais j'ignore à quelle date. J'ignore aussi s'il lui fut donné de séjourner à Tbilissi plus d'une fois. J'ai trouvé la mention d'un tel voyage dans les mémoires d'un ancien major général du KGB réfugié aux États-Unis depuis 1995, Oleg Danilovitch Kalouguine (*Spymaster : My Thirty-Two Years in Intelligence and Espionage Against the West*, New York, Basic Books, 2009). Pour être honnête, le général raconte que Philby avait demandé à ce qu'on ne l'envoie pas trop souvent en République socialiste soviétique de Géorgie car il y avait trouvé « révoltant » l'état des lieux d'aisance… À l'heure où j'écris ces lignes, Oleg Kalouguine vit encore, de même que Mikhaïl Lioubimov, ancien colonel du KGB, proche de Kim Philby, que je mentionne au chapitre 9.

Roufina Ivanovna Poukhova Philby est décédée le 17 mai 2021 à l'âge de quatre-vingt-huit ans. Elle aura donc survécu plus de trois décennies à son célèbre époux. Les propos que je lui attribue au chapitre 9, dans la bande-son reçue à l'ambassade, sont apocryphes.

En dehors des figures historiques dont les noms apparaissent au fil du texte – Staline, Beria, Angleton, Philby… –, et des individus mentionnés plus haut, tous les personnages de ce roman sont imaginaires. Il serait vain de chercher parmi eux des correspondances avec des personnes vivant aujourd'hui. De même, aucune des opinions qu'ils expriment ne saurait être attribuée à l'auteur ou à l'éditeur.

*

Je me suis trouvé face à une baignoire en émail bleu lors d'un séjour à Tskaltoubo, en 2015, alors que je parcourais les vestiges de la datcha de Staline. C'était le seul meuble encore présent dans l'édifice. Quelques mois plus tard, au voyage suivant, la baignoire n'y était plus.

*

Beaucoup d'encre a coulé, et coulera encore, sur Kim Philby qui demeure, à maints égards, l'un des personnages les plus énigmatiques des années de guerre froide. J'ai été frappé, à la lecture de nombreux documents le concernant, par les zones d'ombre auxquelles se heurtent, encore aujourd'hui, chercheurs et écrivains.

À ceux qui souhaiteraient suivre de plus près Kim Philby dans sa trajectoire insolite à travers « la forêt des miroirs », je recommande la lecture de l'excellent ouvrage, postfacé par John le Carré, que lui a consacré l'historien britannique Ben Macintyre (*A Spy Among Friends : Kim Philby and the Great Betrayal*, Londres, Bloomsbury Publishing, 2014). Dans le domaine littéraire je conseille, entre autres, *Philby : Portrait de l'espion en jeune homme*, de Robert Littell (Points, 2012). Dans le registre du journalisme d'investigation, je me dois de mentionner l'article très fourni publié le 10 juillet 1994 par Ron Rosenbaum dans le *New York Times Magazine*, intitulé « Kim Philby and the Age of Paranoia ». J'y fais allusion au chapitre 8. On le trouve encore sur la Toile à travers ce lien :

https://www.nytimes.com/1994/07/10/magazine/kim-philby-and-the-age-of-paranoia.html.

*

À l'heure où ces lignes sont mises sous presse, environ 20 % du territoire géorgien sont toujours occupés par la Russie. Il n'est pas inutile de le rappeler.

J'ai conçu ce roman comme un modeste hommage au peuple indocile et bagarreur de Géorgie qui, malgré des siècles d'adversité, reste debout face à l'Histoire. J'espère que ceux qui me liront peut-être, là-bas, percevront toute l'affection que je lui porte.

Renaud S. Lyautey
(Mascate, août 2021)

À Renaud…

Lors de ta courte trajectoire,
tu as savouré la vie
avec bonheur et lucidité…

Tant de livres lus,
Tant de langages maîtrisés,
Tant de climats éprouvés
au fil de saisons inversées…

Aux carrefours des peuples,
à l'écoute des autres
tu as noué des amitiés,
tu as tendu la main…

Tu as aimé.

Toujours tu as affirmé
une irrépressible liberté.

Tu témoignes encore…

Y et J

DANS LA MÊME COLLECTION

Antoine Brea
Récit d'un avocat

William Gay
Petite Sœur la Mort

Clayton Lindemuth
En mémoire de Fred

Mimmo Gangemi
La Vérité du petit juge

Sam Millar
Au scalpel

Franz Bartelt
Hôtel du Grand Cerf

Thomas H. Cook
Danser dans la poussière

Jacky Schwartzmann
Demain c'est loin

Gordon Ferris
Les Adieux de Brodie

Cyril Herry
Scalp

Petros Markaris
Offshore

Parker Bilal
Le Caire, toile de fond

Sophie Chabanel
La Griffe du chat

Mike Nicol
Power Play

Renaud S. Lyautey
Les Saisons inversées

Joseph Kanon
Moscou 61

Benjamin Myers
Dégradation

Jacky Schwartzmann
Pension complète

Jean-Yves Martinez
Les Enchaînés

Julien Capron
Feux de détresse

Petros Markaris
Trois Jours

Sophie Chabanel
Le Blues du chat

Pierre Gobinet
Nitrox

Maïko Kato
À l'ombre de l'eau

B. Michael Radburn
L'Arbre aux fées

Franz Bartelt
Ah, les braves gens !

Benjamin Myers
Noir comme le jour

Cyril Herry
Nos secrets jamais

Max Monnehay
Somb

Carlos Zanón
Pepe Carvalho

Cesare Battisti
Indio

Petros Markaris
Le Séminaire des assassins

Catherine Dufour
Au bal des absents

Sophie Chabanel
L'Emprise du chat

Arnaud Salaün
Mogok

Maïko Kato
La Belle Suicidée d'Aoyama

Thomas Fecchio
L'Heure des chiens

Franz Bartelt
Un flic bien trop honnête

Pierre Gobinet
La Confrérie des espadons

Nadine Matheson
L'Équarrisseur

Emma Viskic
Un monde en feu

Julien Gravelle
Les Cow-boys sont fatigués

Tyler Keevil
Tu marches parmi les ruines

Max Monnehay
Je suis le feu

Nicolas Leclerc
Toujours vivantes

Luc Chartrand
L'Affaire Myosotis

Jonathan Kellerman
Des ombres dans la nuit

Cesare Battisti
Le Guet-apens

À PARAÎTRE

Percy Kemp
Les Cinq Sœurs

RÉALISATION : NORD COMPO À VILLENEUVE-D'ASCQ
IMPRESSION : NOUVELLE IMPRIMERIE LABALLERY À CLAMECY (58)
DÉPÔT LÉGAL : OCTOBRE 2022. N° 147942-05 (307081)
IMPRIMÉ EN FRANCE